黒い履歴書

犯罪の女

大下英治
Ohshita Eiji

文芸社文庫

目次

逃げる女 5
歯科治療室の秘悦 99
大学生ジゴロ殺人事件 179
火照る女 239

逃げる女

1

「来週の月曜日から、わたし、『浪漫亭《ろうまんてい》』に移ることに決まったんよ」

わたしは、ラブホテルのバスルームから体に赤いバスタオルを巻いて出ると、自慢げにそういった。

ダブルベッドの上では、栗原信太郎《くりはらしんたろう》が肩幅の広い、筋肉質の浅黒い体を横たわらせて全裸でわたしを待っている。

「いま夏子《なつこ》の働いている『フレンチカンカン』の上の階にある、『浪漫亭』にか」

「そう！」

わたしの声は、はずんでいた。

「へーえ、夏子も、三段跳びの出世やな」

わたしがそれまでホステスをしていた店は、愛媛県松山《まつやま》市の繁華街二番町のビルの一階にあるピンクサロン「フレンチカンカン」。

「浪漫亭」は、その上の二階にある会員制高級ミニクラブである。

地元では、一流クラブとして名も高かった。客層もよく、医者、弁護士、国会議員、銀行の頭取、支店長などが常連である。

東京から松山に出張してきた大企業の幹部たちも、このクラブで接待を受けることが多かった。

わたしは、あまりのうれしさに身も心もはずんでいた。

バスタオルを、はずした。

自分ではまだ形の崩れていないとおもっているゆたかな尻にバスタオルをひらひらさせながら、丸いダブルベッドのまわりをシャナリシャナリと気取って歩きはじめた。

「これからは、超一流クラブのホステスですからね。いくらクーさんだからといって、これまでのように安易に肌をまかすことはせえへんよ」

「おいおい、それやと、『フレンチカンカン』にいてくれた方がええな」

「あら、クーさんかて、『浪漫亭』の女性を抱いているとおもうと、誇らしい気持ちになるんちゃう」

「それはそうやけど……」

わたしは、まっ白いゆたかな乳房を突き出すようにしていった。

「『浪漫亭』のチーフが、前々からわたしを何度か見て気に入っていたらしいの。二日前、『フレンチカンカン』に入ろうとしたわたしに、声をかけてきたの。話がある、というから近くの喫茶店にいっしょに行くと、スカウトされたんよ。『きみは、フレンチカンカンのような店にいる女性やない。格がちがう。むしろ、うちのクラブ向きや。うちの店でも、まちがいなく三本の指に入れる。明日からでも、来て欲しい』。わたし、『フレンチカンカン』の仲間の春子《はるこ》ちゃんもいっしょに連れて行けるならいいわ、と条件を出すと、『きみが来てくれるなら、それも呑む』というので移ることに決めたんよ」

口から出まかせでした。春子が「浪漫亭」のチーフにスカウトされ、わたしは春子にくっついて移ることになったのでした。

わたしは、さらに嘘を重ねた。

「じつは、クーさんに初めて打ち明けるけど、わたしの本名は、黒井初美《くろいはつみ》いうんよ。高松《たかまつ》に実家があって、お母はんが、割烹とビジネスホテルをやってるの。わたし、好きな人と五年間同棲しとったんやけど、いまは別れて独身なんよ。愛媛県の西条《さいじょう》市内の姉夫婦の家に居候《いそうろう》させてもろて、『フレンチカンカン』に通っとる。姉のだんなさんは、島村《しまむら》ちゅうて、西条中央病院の事務長しとってね、月給百五十万円もろとる」

昭和五十七年の百五十万円だから、高給でした。

「わたし、家の格からしても、やはり『浪漫亭』がぴったり合うのよ。そういうわたしの育ちからくる品の良さが、『浪漫亭』のチーフにも、匂うんやろね」

この話も、すべてでたらめのつくり話。

本名からして嘘でした。本当は、海原光子《かいばらみつこ》。

年齢も、昭和二十三年二月一日生まれの三十四歳。まわりの者には七歳もサバを読み、二十七歳と口にしていた。

独身というのも、嘘。二度目の夫の紀一《きいち》と松山から一時間三十分もかかる西条で、いっしょに暮らしていた。

紀一との間には、ふたりの子供があり、前の夫との間の子供である誠《まこと》と由起子《ゆきこ》も引き取り、いっしょに暮らしている。

母親は、一杯飲み屋をやっていたが、とても割烹と呼べるものではない。

ビジネスホテルなんて、経営しているわけない。

わたしは長女で、姉なんていない。したがって、姉の夫が西条中央病院の事務長をしているというのは、根も葉もないこと。

栗原は、わたしにいった。

「一流クラブへ移るんや。店での源氏名も、これまでの『フレンチカンカン』の夏子ではなく、一流クラブにふさわしい名前にしたらええんとちがうか」

「そうね」

わたしは、一瞬考えた。

「雅子《まさこ》では、どうかしら」

「高貴で雅《みやび》な名前で、ええやないか」

「ふふ。わたしも、なんだか別人になったよう」

「きみは、人生の女優なんやな」

「〝人生の女優〟。いい言葉やね」

〈たしかに、そういうところがあるかもしれない。女優のように、その場その場でいろいろな女性に化け、すっかりその気になれる〉

わたしは、バスタオルをむっちりとしたふとももの前でひらひらさせ、ダブルベッドに上がった。

栗原は、両手をまるでヨーロッパ映画の一場面のように大袈裟《おおげさ》に広げ、わたしを迎えた。わたしは、彼のように芝居気たっぷりの男が大好き。

彼は、福井県福井市に本社のある教育機器販売会社『文化教材』の松山出張所の所長。

年齢は、わたしより七歳年下の二十七歳。わたしが彼にもまわりの同僚にも、二十七歳といっていたのは、彼より年上になりたくないためでした。

彼は、まだ独身。

身長は、一七三センチ。色は浅黒く、肩幅も広い。精悍《せいかん》な顔をしている。筋肉質な肉体をしていて、わたしは抱かれたとき、これまでのどの男性よりも激しく感じていた。

　わたしは、彼の顔の前でバスタオルをひらひらさせて挑発した。

「このバスタオル、スペインの闘牛士の振る紅《あか》い布よ」

　茶目っ気のある彼は、ただちにベッドに四つん這《ば》いになった。

　闘牛士よろしく、わたしのひらひらさせるバスタオルに突っかかってきた。

　わたしが、まっ白いお尻をゆするようにして紅いバスタオルを右へひらひらさせると、右へ突っこんでくる。

　左へひらひらさせると、左へ突っこんでくる。

　わたしの濃いめの毛におおわれた花弁が、しだいに興奮して熱く濡《ぬ》れてくる。

　そのうち彼は、バスタオルの下へ顔を突っこんできた。

　わたしの濡れた花弁を、ざらざらする舌でぺろりとなめあげた。

「あン……」

　わたしは、つい声をあげてしまった。

　彼は、さらに、わたしの花弁をそっくり口にふくんだ。

「あぁ……」

　わたしは、バスタオルをいつのまにか手から離していた。

　彼は、とろけそうなほどにやわらかく濡れた花弁を吸い込む。

「あなた……」

わたしは、あまりの気持ちのよさにうっとりとしていました。

彼の口のなかで、わたしの花弁は、とろとろ……と甘く吸われつづける。

「そうよ。そう……」

あまりにうっとりとして、とても立っていられなくなってしまった。

倒れそうになるので、つい彼の天然パーマの髪の毛をつかんだ。

花弁が、彼の口のなかで、まるで水中花のように妖《あや》しく開いたり、閉じたり。

それを、痛いほど強く吸い込んだり、優しくなめあげたりとリズムをつける。

「あぁ……狂いそう……」

花弁の奥から、自分でも信じられないほど蜜があふれ出てくる。

彼は、そのとろとろとする蜜を吸い取って、つぼみに舌で塗りたくるようにしてなめはじめた。

「あぁ……だめよ、だめ……ソコ、そんなになめては……わたし、ふらふら」

つぼみが、妖しくなめあげられる。

わたしは、あまりの気持ちのよさに頭がクラクラしてきた。

ついに膝を折り、ベッドの上に崩れた。

「もう……立っていられないわ」

2

わたしは、その翌日、「浪漫亭」に顔を出した。

着物も、持っているものの中で一番いいものを選んでいた。

柚子《ゆず》色の結城紬《ゆうきつむぎ》に、西陣《にしじん》の薄紅色の丸帯でした。

ママに、申し出た。

「店での名は、雅《みやび》の子と書く『雅子』にしていただきたいんです」

が、ママは、すげなかった。

「だめね。すでに、『みやび』という名の子がいるのよ」

みやびと名乗っているのは、このクラブでナンバーワンの子でした。

わたしは、仕方なく「小糸」という名で店に出ました。みやびのヘルプのようなかたちで彼女のそばに座ることになった。

ママは、みやびを絶賛していた。

「みやびさんは、何年にひとり出るか出ないかのスターやわ。お客さんにしてみれば、夢を満たしてくれる女よ」

悔しいけど、みやびは、わたしの眼から見ても、そう絶賛されるにふさわしい女性でした。

眼はいつも濡れていて艶《つや》っぽい。女性のわたしが見てもそう感じるのだから、男性が見ると、ゾクゾクするほど感じるにちがいない。

声も少しかすれていて、なんともセクシーである。

おまけに、プロポーションも抜群にいい。

客からよくプレゼントももらっていた。そのころめずらしいシャネル、カルティエなどのブランド品を持っていた。

年齢は、わたしより十歳年下の二十四歳でした。

わたしは、ヘルプのようなかたちでみやびの隣りに座るのが屈辱でなりませんでした。

客たちが、陰でわたしのことを「オバハン」と呼んでいることも耳に入ってくる。

「こんな一流クラブに、なんであんなオバハンみたいなの入れたんやろうか」

わたしは、客より、みやびを憎みました。

〈みやびのようなホステスがいるから、わたしがオバハンなんていわれるんやわ。それも、いつもみやびの横に座っているから、いっそう見比べられてしまう〉

わたしは、悔しくてならなかった。

〈わたしは、これまでの店では、それなりに女王でいることができたのに……〉

わたしには、水商売のために生まれてきたような女性だという自負のようなものさえありました。

わたしは、これまでいくつかのバーやクラブを転々としてきた。どの店でも、かならずファンをつくってきた。それなのに「浪漫亭」では、みやびがいるために……。

「浪漫亭」に、恋人の栗原信太郎も顔を出してくれた。

「クーさん……」

わたしは、離れ小島でやっと助け船を見つけたようなよろこびをおぼえた。

栗原は、わたしを指名して席についた。

わたしは、みやびの席から、隣りの栗原の席に移った。

ところが、わたしが栗原の席についたのに、栗原の眼は、隣りのボックス席でこぼれんばかりの笑顔で話しているみやびに走った。

あまりの美しさに釘付けになったのか。わたしの方に、眼がなかなかもどらない。

「クーさん！」

わたしは、テーブルの上に運ばれてきていた四角いチョコレートをつかみ、栗原の胸に投げつけました。

「ど、どないしたんや……」

栗原は、ようやくわたしに眼をもどした。

わたしがみやびに感じた屈辱は、頂点に達しました。惨《みじ》めな気持ちにさえなりました。

その夜、クラブが看板になり、わたしは、栗原が先に行って待つモーテルの一室に入った。

すでに寝巻きに着替えて回転ダブルベッドに仰向《あおむ》けになっている栗原の体にまたがった。

栗原の首に、両手をかけた。

「許せない！　そンなに、みやびがいいの！」

「なにをいうんや！　おれ、ひと言もそんなこというてないやないか」

「口に出さなくても、あんたの眼の動きでわかったわ」

「おまえの妄想や」

わたしは、両手に力をこめた。

「そンなに、あの子がいいの。わたしとあの子、そンなにちがうの！」

「いや、好みの問題や……」

わたしは、彼のそのいい方に、またカッとなった。

「おまえの方が美人や」とまではいわなくても、「おまえの方が愛らしいわ」とか「かわいらしい」というのを期待していたのだ。

それなのに、その答えは、あきらかにみやびと自分とは差がありすぎる、それを正直にいえないので、曖昧《あいまい》にぼかしたいい方をしたにちがいない。

わたしの両手に、つい力がこもりはじめた。栗原への悔しさではなく、みやびへの憎しみが、つい手にこもっていた。

グイグイと、締《し》めつけはじめた。

彼は、あわてた。

「おいッ！　冗談はやめろ！」

わたしは、やりはじめると、歯止めがきかなくなる。自分でもそういう性格が怖くなることがあった。

栗原の首にまわした手に、いっそう力がこもった。

「おい！　おまえ、正気か……」

わたしは、その瞬間、われに返った。

栗原は、口をとがらせた。

「おまえ、みやびという女のこととなると、妙に昂《たかぶ》るな。変やで……」

わたしは、照れ隠しの意味もあり、彼の寝巻きの腰紐に手をかけ、はずした。

腰紐を、彼の首筋に巻いた。

「ま、また、どないするんや……」

「ふふ。わたし、これから阿部定《あべさだ》になるんよ。あなた、吉《きち》さんになって……」

昭和十一年五月十八日の真夜中、阿部定は、かつて奉公していた東京中野《なかの》区新井《あらい》町の割烹吉田《よしだ》屋の主人石田《いしだ》吉蔵《きちぞう》の首を腰紐で絞めて殺した。阿部定が、吉蔵の首を腰紐で絞めたのは、吉蔵が「喉を絞めながらやると、気持ちがいいんだってな」といったからである。

首を絞めると、血管が浮いて、男のペニスが膨張する。さらにピクピクするという。それを花弁にくわえこんでいる女性はたまらなくいい、というのである。

そのあそびをくり返しているうち、阿部定はふと思った。

〈吉蔵を殺して、永遠にわたしのものにしたい……〉

定は、ついに腰紐で吉蔵の首を絞め、殺してしまったのである。

わたしは、かつて店の客から阿部定事件についてくわしく聞いて強く印象づけられていた。一度、阿部定あそびをしてみたかったのである。

栗原の首に、腰紐を一重に巻きつけた。

「ふふ、いまに、おもしろいことが起きるわよ」

栗原の寝巻きの裾《すそ》を、ひらいた。

彼のペニスが剝《む》き出た。たくましく、そり返らんばかりだ。青筋がくっきりと浮いている。

その根元を、わたしの右手でにぎりしめた。

わたしのゆたかな尻を、彼のペニスめがけてそろそろと下ろしていった。

彼の雁首《かりくび》が、花弁に突き入った。

「あぁ……」

濡れに濡れているので、わたしが腰を下ろすと、一気に奥に突き入った。

なんともいえず気持ちがいい。

「あなた……たまらなくってよ……」

いかにもくわえこんでいるって感じであった。

彼のペニスが、いっそうたくましくなってきたように感じられる。ピクピクと動く。

「あなたのあそこ、わたしのなかでピクピク動くわ。あなたにも、わかる？」

「なんとなくわかる」

「ふふ」

「ピクピク動くと、気持ちがいいのかい」

「いいわ、とっても……」

わたしは、もっといい気持ちになりたいので、つい腰紐を持つ手に力が入る。

くわえこんだペニスが、さらにピクピクとひくつく。

ピクピクと動くたびに、くすぐったいような、なんともいえない不思議ないい気持ちになる。

「あぁ……」

彼の首筋にまわした腰紐を持つわたしの手に、より力がこもった。

そのうち、彼が、白目を剝いて口をとがらせた。

「おい、おい！　これ以上つづけると、おれは吉蔵になってしまうやないか」

「ふふ。死んだら、阿部定のように、あなたのここを……」

阿部定は吉蔵の首を腰紐で絞めて殺した。それから、愛《いと》しい吉蔵のペニスと睾丸を牛刀で切り取った。

ペニスをわざわざ切り取ったのは、死体をそのまま家に帰すと、湯灌《ゆかん》のときに吉蔵の妻が吉蔵のペニスにさわる。そのことを想像すると、嫉妬で頭に血がのぼった。

自分をあれほどかわいがってくれた吉蔵のペニスを、妻にさわられてなるものか。

それに、あれほど自分をかわいがりよろこばせてくれた吉蔵のペニスと、できるかぎりいっしょにいたかった。

切り取ったペニスを部屋にあった雑誌の紙にくるみ、大切に着物の下に隠し、街をさまよった。

二日後の二十日の夕方、逮捕された。

わたしは、尻を少し浮かし、彼のたくましいそれの根元をにぎった。

「阿部定のように、あなたの素敵なコレをチョン切ってしまおうかな。わたしだけのものにしてしまおうかしら」

「よせよ。おまえにそういわれると、ほんとうにやられそうで怖いよ」

わたしは、体を倒し、彼の額《ひたい》にキスをした。

「世界中で一番大切なあなたを、殺しはしないわよ。もっともっと、あなたにかわいがって欲しいんよ……」

わたしは、彼の首に巻きつけた腰紐から手を離した。

尻を妖しくまわすようにして、彼のたくましいそれを味わいはじめた。

「ね、いつまでも、たくましいコレで、うんとかわいがって……」

3

わたしは、毎夜、毎夜、みやびと比べられることに耐えきれなくなった。

ついに三週間で「浪漫亭」を辞めてしまった。

栗原が、不思議そうにいった。

「せっかく超一流のクラブに入れたのに、わずか三週間で辞めてしもうて、もったない……」

わたしに、未練はありませんでした。

「浪漫亭」を辞めた後も、わたしは、しばしば松山市内に出かけて行き、栗原との密会をつづけていた。

わたしは、栗原とラブホテルやモーテルで抱きあうたびに、彼にいいました。

「ねぇ、ふたりの愛の巣を、持たへん」

「ああ」

「いいわね。わたし、豪奢なマンションを探すわ。ふたりで写った写真も飾れていいわ。ふたりの好みの部屋に、仕上げていきましょう」

そのための金も必要でした。が、「浪漫亭」を辞めていたので、収入はありません。

おまけに、サラ金数社に合計二百万円を超《こ》える借金があった。月々十万円の返済を義務づけられている。

七月上旬、わたしは、知り合いの高島明美《たかしまあけみ》に懇願した。

「すぐにお金がいるんよ。お金借りんならんけん。あんたの保険証、貸してくれん」

明美の国民健康保険被保険者証を借りた。わたしの名義では、どのサラ金も金を貸してくれなかった。

高島明美名義で、サラ金六社から、計百五十七万円を借りた。

八月七日、わたしは、松山市宮田《みやた》町にあるスカイビル716号室を借りることにした。家賃は、共益費こみで月に四万二千円だった。

敷金など合計十七万三千円をキャッシュで払った。

その直後、わたしは、栗原といっしょに松山市内勝山《かつやま》町のビルの一階にある喫茶店「シャガール」に入った。

店には、偶然にも、みやびと、「浪漫亭」でいつもみやびを指名していた設計事務所を経営する角間正《かくまただし》がいた。

わたしは、ドキリとした。が、水商売を長くつづけてきた習性のためか、つい愛想よく手を振っていた。

みやびは、手招きしながら角間にささやいていた。

「前に店におった小糸さんよ。会ったことあるでしょう。こっちに呼んでも、いいでしょう」

わたしは、みやびにあいさつしながら、栗原といっしょに真向かいの席に座った。

「みやびさん、しばらくね。元気そうやね」

みやびは、あいかわらず美しかった。憎らしいけど、いっそう艶をおびてきてまばゆいばかりであった。

栗原が、またみやびと自分との差を眼で確かめているにちがいない。

わたしは、あくまで笑顔は絶やすまいとつとめたが、顔が強張《こわば》るのを防ぎようがなかった。

このとき、とっさに決めた。

〈みやびを、殺してやる!〉

自分にいいきかせた。

〈完全犯罪は、可能やわ〉

じつは、わたしは、昭和四十年の九月十七日の深夜、台風二十四号のさなか、強盗をはたらいたことがある。

十七歳のときで、そのころ同棲していた二歳年上のタイル工員と高松国税局長公舎に押し入ったのだ。

男のくせに、彼の方が腰が引けていて、わたしが彼の尻を叩くようにして押し入ったのだ。

わたしは、ネッカチーフで覆面をした。

彼には、刃渡り二〇センチのナイフを持たせていた。

わたしは、局長の寝巻きの腰紐で、局長を後ろ手に縛りあげた。

さらに、階下にいた公舎管理人の母娘ふたりに猿轡《さるぐつわ》をかませた。

さらに、ネクタイで後ろ手に縛りあげた。

そうして、一万二千三百円の金とカメラを盗んだ。

　そのとき、わたしは相棒に釘を刺しておいた。

「アシがつくけん、盗ったカメラを質屋に入れちゃいけんよ」

が、相棒は、カメラを質屋に入れてしまった。それで逮捕されてしまったのだ。カメラを質屋に入れなければ、完全犯罪だったのだ。

　わたしたちはふたりとも逮捕され、一審では懲役二年六カ月から四年という重い不定期刑が下された。

　たんに強盗をはたらくのだったら、高松国税局長公舎の強盗のときのように自分とまったく関わりのないところに押しこむ方がいい。

　みやびを殺そう、ととっさに決めたのは、やはりわたしの心の底に彼女への憎しみの黒い炎が渦巻いていたからであろうか。わたしにも、よくわかりません。

　わたしは、その思いに引きずられるように着々と計画を実行していった。

　みやびを殺したあと、みやびの部屋からそっくり彼女の荷物を運び去るつもりであった。

　そうすれば、彼女が殺されたとは思われない。みんなにいえない事情があって、どこかに姿をくらましたとおもうにちがいない。

　彼女の部屋から運び出した荷物は、栗原と借りている秘密のマンションに運びこむつもりであった。

わたしは、電気配線工をしている夫の紀一に持ちかけた。

「わたしの友だちに、悪いパトロンから逃げようとしとる女の子がおるけん。そのパトロン、もうじき刑務所から出てくるらしいんよ。逃げるときには、あんた、家財道具の引っ越し、手伝うてくれへん?」

夫だけでは短時間にみやびのすべての荷物を秘密のマンションにまでは運べない。従兄弟《いとこ》の町田大作《まちだだいさく》にも、夫と同じ理由をいって、頼んだ。

八月十九日、午後二時過ぎ、わたしは、みやびの住む松山市内勝山町にある八階建ての高級マンション「シャトウ勝山」８７３号室のチャイムを鳴らした。

「どなた?」

「小糸です」

「あら!」

ドアが開き、みやびの華やかな顔がのぞいた。

「また、どうして?」

「近くに寄ったので、ついでにみやびさんの顔を見たくなって……」

突然の訪問を気にするでもなくわたしは迎え入れられ、応接間に通された。

みやびは、わたしのことをまったく警戒していないようであった。

わたしが、ソファーに座ると、そばに犬がやってきた。ポメラニアンらしい。

みやびが相変わらずの魅惑的な声で、犬を制した。

「ロン、だめよ」

わたしは、つとめて何事もなさそうにふるまった。

「いいえ、いいのよ。わたし、犬が好きやけん」

犬の頭を撫《な》でながら、みやびを殺す機会をうかがった。

眼は、部屋にあってつい凶器になりそうなものを探していた。そして、みやびの座っているソファーのうしろに、彼女の帯締めを見つけたのである。

〈あれで、首を絞めれば……〉

みやびは、外見こそ華奢《きやしや》であったが、高知県宿毛《すくも》市の漁師の家に生まれたと聞いている。一度嫁《とつ》いだことがあり、夫も漁師だったという。子供のころから漁の手伝いをしていたというから、力仕事にはなれているだろう、まともに向かうと力では負けてしまう。

わたしは、わざと犬がその帯締めに向かうよう仕向け、そのあとを追った。

「ロンっていうの。かわいいわね。ほらほら……」

わたしはうまくみやびの背後にまわることができた。彼女は、まったく警戒していないようだ。

みやびは、ふたたび犬に声をかけた。

「ロン！　めいわくかけちゃいけないわよ」

無防備なみやびの背中を見ながら、わたしは帯締めをそっと手にした。

両手で、帯締めの両端をしっかりと持つ。

みやびの視線は犬を追っている。

わたしはみやびの首筋に、吐息がかかるほどに近付くと、すかさず、帯締めをみやびの首にかけた。

そしてそのまま帯締めをにぎった右手と左手に、グイと渾身《こんしん》の力をこめた。帯締めがみやびの首をねじりあげている。

〈死ね！〉

みやびは、両手で帯締めをはずそうと必死であった。いつもの美しい顔がゆがんでいる。

〈はずされて、なるものか……〉

わたしも負けずに、締めつけた。

みやびの抵抗する力が、しだいに弱まっていった。

ついに、ぐったりとしてきた。

わたしは、すぐにソファーの前にまわると、みやびの首にまわした帯締めを首の前側で一回むすんで、さらに強く締めつけた。

〈死ね！〉

みやびは、口を開け、すさまじい形相《ぎょうそう》になり、あえいだ。

やがて、クタッと首をうなだれた。

ピクリとも動かなくなった。窒息死したようだ。

わたしは、ふうッと大きく息をついた。

〈どんな美人も、死ねば終わりやわ〉

4

わたしは、ただちに、死体の始末にとりかかった。

みやびの死体の両手首、両腕、両膝を引っ越しの梱包に使うビニール紐でぐるぐる巻きにし、強く縛った。

さらにくの字に折り曲げてから、彼女が愛用していた毛布でくるんだ。

その上を、タオルケットで二重に包み、ビニール紐をかけて、きつく縛りあげた。

梱包した死体は、８７３号室から非常階段の出口まで、引っ張って行った。

非常口のドアを開け、死体を外に運び出すと、八階から七階に下りる途中の階段の踊り場まで引きずって行った。

ひとまず、踊り場に置いた。マンションの住人もめったに使わない場所のはずである。

みやびの部屋にもどった。

その直後の午後四時、みやびの部屋の電話が鳴った。

わたしは、じっと息をひそめて電話が切れるのを待った。

あとでわかったことだが、電話の主は、みやびの恋人の黒崎雄介《くろさきゆうすけ》であった。

黒崎は、この日も彼女のマンションに来る約束をしていたのだ。

わたしはいったん、みやびのマンションを出て、近くのビルに身をかくした。そして、夫の紀一が仕事から自宅に帰ってくる時間を、ジリジリしながら待った。

早くしないと、人がやってくる。

みやびが「浪漫亭」に出勤する時間を過ぎると、不審におもった「浪漫亭」のママや同僚たちが電話をしてくるはずだ。

あるいは、心配になり訪ねてくる可能性もある。

午後七時すぎ、わたしは、西条市の自宅に電話を入れた。

夫の紀一は帰宅していて、電話に出た。

わたしは、苛立《いらだ》ったようにいった。

「前にいうとったやろ。友だちの女の子が、夜逃げするけん、手伝ってほしいいうて。

いまからするけん、来てくれへん？」

「どこにおるんぞ？」

わたしは、かくれているビルまでの道順を説明した。

「急いで来て」

わたしは、また、今治《いまばり》市内に住む従兄弟の町田大作にも電話を入れた。

「女の友だちが、パトロンから逃げるんで、すぐ引っ越しせんならんのよ。わたし、その子のマンションにおるんやけど、家具がいっぱいあるんよ。そのうち、四つほど大作さんに運ぶのを手伝ってほしい。悪いんやけど、いまからレンタカー借りて、九時にこっちに来てくれんやろか。手間賃に、五万円あげるけん」

わたしは、８７３号室にもどった。

が、どうしたことか、鍵がかかっていた。

ドキリとした。

ドアチャイムを鳴らした。

見知らぬ男の顔が、ドアからのぞいた。

わたしは、何くわぬ顔で男に親しそうに話しかけた。

「雄介さんでしょう」

わたしは、黒崎の姓ではなく名前を気安く呼んだ。黒崎雄介という名前の男がみやびの恋人であることは、前から聞き知っていた。

「わたし、最近越して来たんです。みやびの知り合いです」

わたしは、そういってみやびの愛車であるソアラのキーを差し出した。

「みやびから、頼まれたんよ。急用ができたんで、友だちの女の子といっしょに外出しとるんよ。みやび、午後九時半に今治の唐子浜《からこはま》の入口に迎えに来てっていうてたわ」

唐子浜は、今治市桜井《さくらい》にある県内屈指の規模を誇る海水浴場である。松山からは、車だと二時間近くかかる。

黒崎は、わたしの言葉を信用して、そそくさと出て行った。唐子浜に向かったのであろう。わたしも再び部屋を出て、かくれていたビルに戻った。

午後八時すぎ、夫の紀一が娘を連れてわたしの待つビルに到着した。

駐車場にとまった見覚えのあるワゴン車を眼にしたわたしは、眠っている娘を中に残し、夫を873号室まで案内した。

夫は、部屋の中を見渡した。肝心の女性がいないので不思議におもったらしく、わたしに訊《き》いた。

「女の人は？」

「まだ帰っとらん。出たままなんよ」

夫は、撫然《ぶぜん》としていた。他人に手伝わせておいて、本人が留守をしているとは、どういうことなのかとおもったのであろう。

しきりに時計を気にする夫に、頃合いを見て、わたしが切り出した。

「あんた、いまからわたしがなにいうても、びっくりせんといてよ。わたし、女の人を殺したんよ」

「えエーッ⁉」

夫は、一瞬、この女は、なにをいいだすのか、とさすがに驚いた顔になった。

わたしは、おろおろと早口でいった。

「ふたりで話していると、いきなり女の人が立ち上がって果物ナイフを持って飛びかかってきたんよ。無我夢中で揉《も》み合っとるうちに、わたし、相手の首を手で絞めて殺してしもたん……」

「………」

夫は、絶句した。

わたしは、みやびの死体を置いた非常階段の八階と七階の途中にある踊り場に、夫を連れて行った。

そして、夫とともにみやびの死体をエレベーターで一階まで運び降ろし、夫が運転してきたワゴン車の後部座席足元に、積みこんだ。

夫は、わたしに自首をすすめた。

　しかし、わたしは、拒否した。

「いやわ」

　ふたたび、873号室に引き返した。

夫に手伝わせ、みやびの家財道具数点を運び出し、ワゴン車に積みこんだ。

なかば、強引に手伝わせたのである。

　午後九時ごろ、従兄弟の町田大作が到着した。

「道が混んで、手間取ったんや」

　三人で、残りの家財道具を、夫のワゴン車と大作の借りてきたレンタカーのトラックに分けて積みこんだ。

　わたしは、てきぱきとふたりに指示を出した。

「早せな、あかんがね。その子のパトロンが、十時半に帰ってくるけん。見つからんように、それまでに運び出さな」

　ふたりは、大急ぎで運び出した。

　家財道具や衣類を運び出すばかりでなく、わたしは、みやびの財布に入っていた一万円札十枚と、三万二十円分の硬貨計十三万二十円、さらにアメリカ通貨で四ドル一セント（一千四十五円相当）と、みやび名義の兵庫相互銀行松山支店の通帳と、伊予銀行大街道《おおかいどう》支店の通帳の二冊、印鑑一個も奪った。

みやびの荷物を車に積み終えたのは、午後十時半をすぎていた。

わたし、夫、大作の三人は、ワゴン車とレンタカーに分乗し、あらかじめわたしが栗原と住むために借りた市内宮田町のスカイビル716号室に向かった。

スカイビルに着くと、みやびの部屋から奪った家財道具や衣類や日用雑貨類を、運び入れた。

みやびの荷物をスカイビルに運び終えたとき、すでに深夜の零時をすぎていた。

わたしは、帰ろうとする大作にいった。

「彼女の預金をおろすけん、明日、奥さんといっしょに来て。預金の引き出しは、わたしじゃまずいんよ」

大作とは、スカイビル前で別れた。

わたしと夫は、みやびの死体を乗せたワゴンで、いったん西条の自宅にもどった。

その途中、わたしは、遺体の隠し場所を探した。

が、ワゴン車には、三歳の娘も乗せている。それが気になり、適当な場所も見あたらなかった。

いったん自宅に帰り、娘を蒲団に寝かせることにした。

二十日の午前一時二十分ころ、わたしは夫に指示し、夫の運転するワゴンに乗りふたたび自宅を出た。どこか人目につかない山中に、みやびの死体を埋めるつもりであった。

松山市郊外の山中に向かった。途中の山道でスコップを二本見つけ、拾った。

午前四時すぎ、市内中心部から南へ一八キロ、三坂《みさか》峠に近い松山市久谷《くたに》町大久保《おおくぼ》の林道に着いた。

あたりは漆黒《しっこく》の闇である。人気《ひとけ》は、まったくない。道から遺体を転《ころ》がしても、しばらくは見つからないような鬱蒼《うっそう》とした杉の木が生い茂る場所である。

道は砂利道で、ガードレールもない。夕方になると人っ子ひとり通らない。気味が悪いくらいの寂しい山道であった。

さらに砂利道の林道を一キロ、ワゴン車で進んだ。

わたしと夫は、そこから薄水色のタオルケットで包んだみやびの遺体を、ふたりで持ち、杉林の山中に運んだ。

ここなら、だれも入っては来れまい、というところに遺体を置き、道中で拾ったスコップで、穴を掘った。

一メートル三〇センチくらい掘った穴に、死体を埋めた。その上に枯れ葉を置き、人目にはわからないようにした。

わたしは、平然としていた。

八月二十日早朝、わたしは、念をおすように従兄弟の町田大作に電話を入れた。

「由美《ゆみ》ちゃんといっしょに、昨日荷物を運びこんだスカイビルの716号室に来て」

町田夫婦がスカイビルに着いたのは、午後零時半ころであった。

わたしは、ふたりをともない、兵庫相互銀行松山支店と伊予銀行大街道支店に連れて行き、由美にみやびの通帳と印鑑を渡した。

由美の手でみやびの名を書いて、預金を全額引き出すように頼んだ。

由美は、そのとき怪訝《けげん》そうな表情でわたしを見た。

「他人の預金を引き出すやなんて、どういうことなん?」

わたしは、いった。

「このお金は、友だちに送ってあげるんよ」

「なんで、あんたがせんのん?」

「わたしは、できんのよ」

送金するという名目上、千円未満の端数は残すことにして、わたしは、なんとか由美に引き出しをしてもらった。

こうしてみやびの預金も自分のものにしたのだった。

兵庫相互銀行松山支店から六十四万三千円、伊予銀行大街道支店から、十二万二千円、計七十六万五千円を受け取った。その金を由美はわたしに渡した。

わたしは、翌二十一日土曜日、手に入れた七十六万五千円のうち、六十五万円を、いったん伊予銀行西条支店の夫の預金口座に入金した。

わたしは、秘密のマンションで栗原を待つ間、みやびの部屋からうばった高級な下着を身につけた。

ふつうは、殺した相手の持ち物など恐ろしくて見たくもないものだ。ましてや、さわるなどとは考えもしないだろう。

だが、わたしの神経はふつうの人とは変わっているのだろうか。みやびの下着を身につけると、わたしもみやびと同じように美しく光り輝いている気分になってくるのだ。

みやびから奪ったペンダントもつけてみた。金製で、本体部分は丸いリングで縁《ふち》取りされ、中も細かい細工がしてある。

鏡を前に、下着姿を映して、その美しさに陶酔した。

「みやびさん、わたしだって、あなたと同じ下着をつければ、こんなにきれいになるのよ」

わたしは、その下着を身につけて、栗原に抱かれた。もちろん、みやびの部屋から奪った下着を身につけているとはいわなかった。

栗原が、わたしの下着からはみ出た乳房をたっぷりと吸う。

「あぁ……」

わたしは、いつもより昂りをおぼえていた。

みやびを殺したことでその罪悪感に燃えなくなるかもしれない、とおもっていたが、逆であった。

自分でも信じられないことだが、よけいに昂り燃える。

なぜだか、わたしにもわからない。

「あぁン。感じてたまらないの」

栗原もいった。

「おまえ、今日は、一段と興奮してるな……」

「ふふ……」

栗原は、乳房を吸い終わると、いよいよスリップを脱がしにかかった。

わたしは、その手を止めた。

「まだ裸になるのは、いや。このままで、愛して……」

ついに、パンティこそ脱いだが、スリップはつけたまま抱かれた。

みやびの下着をつけて抱かれているということが、こんなにもわたしを昂らせてくれるとは。

わたしは、蒲団の上に四つん這いになった。

ゆたかな尻を突き出し、栗原をせかした。

「クーさん、うしろから突きに、突いて。突き殺して」

わたしは、そそるように尻をゆすった。

栗原はいった。

「今日は、えろうひどく濡れとるなぁ。お露がふとももにまでしたたっとるやないか」

「あーン、早く……」

栗原はペニスを突き立ててきた。

奥の奥まで、ズンと入ってくる。

「あン！」

おもわずよろこびの声をあげた。

わたしは、訊いた。

「今日のわたし、きれいでしょう」

「いつも、きれいや」

「いや、今日は、特にきれいでしょう」

「そういわれれば、そういう気、するなぁ」

「うれしい……」

わたしは、尻を妖しくゆすった。

栗原は、雄々《おお》しく、突いてくる。

わたしは、獣のスタイルをとっているからだけでなく、身も心も獣になったようであった。

「ね、突いて、突き殺して……」

尻をゆすりつづけるわたしに、栗原も荒々しい獣と化してくる。

ペニスが花弁の奥の丸い玉のようなところを突きに突く。

丸い玉が、突かれるたびに、やわらかくとろけてくる。実際にとろけるのか、とろけるような気になってくるのか。

「クーさん、わたし、もう駄目、駄目よ。とろけちゃうわ。そこ、もっと突いて、とろけちゃうわ……」

栗原は、深く突き貫いてくる。

「あーン、突き刺さったわ……」

本当に、ペニスが、突き刺さった気がした。

その瞬間、全身がとろけた。

「いくわ、いく、いくぅッ……」

わたしはみやびの下着をつけたまま、エクスタシーに達してしまった。ほとんど同時に栗原も、よろこびの声をあげた。

「おれも……」

丸い玉に激しくほとばしるのが、はっきりと感じられた。

わたしは、みやびを殺してから、何事もなかったかのようにすごした。西条の自宅では家族と、秘密のマンションでは恋人の栗原とすごしていた。

が、八月二十四日午後六時過ぎ、西条の自宅にいるわたしに町田大作の妻の由美から、電話があった。

「刑事が来たんよ」

由美の家に刑事がふたりやって来たというのだ。町田がレンタカーのトラックを借りたことが、捜査員の眼にとまったのである。

捜査の手が一気に自分におよぶことを察知したわたしは、愛媛から逃げた。

5

石川県金沢《かなざわ》市の国鉄金沢駅に降り立ったわたしは、タクシーに乗った。

「繁華街に一番近いホテルにやって」

金沢市内で一番の繁華街片町《かた》に向かった。

片町は、日本三大名園のひとつ兼六園《けんろくえん》のすぐ近くにある。県内でもっとも賑《にぎ》やかな街であった。

タクシーが止まったのは、「北國銀行《ほっこく》」の角を右に曲がった通りの左側にある「金沢プリンスホテル」であった。

ホテルにチェックインした。

シャワーを浴びると、すぐ部屋を出た。

繁華街を見てまわることにした。

夕方近い時間だが、まだ日差しは高かった。ネオンが瞬《またた》くまでには、間があった。

夜になるとネオンの眩《まぶ》しい街なのだろう。が、この時間は、ひっそりと静まりかえっている。人通りもまばらであった。

北國銀行の前のスクランブル交差点を斜めに渡り、右手の歩道を歩いた。

小さなスナックが蟻《あり》の巣のように集まって入っている雑居ビルが、そこかしこにあった。

そのうちのひとつ、片町二丁目の田坂《たさか》ビルの前で、足を止めた。

ビル一階の入口近くの壁に、募集の張り紙が眼に入った。

『カウンター女性募集　犀川《さいかわ》』

「犀川」という和風スナック。店の名前の他に、電話番号、経営者の自宅の電話番号が書いてあった。

まだ、開店の時間には早いとおもったわたしは、店と自宅の電話番号を頭に入れ、ホテルにもどった。

部屋の電話から、その経営者の自宅に電話をかけた。午後四時過ぎであった。

「募集の張り紙を、見たんですけど……」

スナック「犀川」のママが出た。

ママは訊いた。

「失礼だけど、何歳ですか」

「三十ですけど、使ってもらえるかしら。もしよかったら、住みこみでお願いしたいんやけど」

四歳サバを読んだ。

「うちは悪いけれど、住みこみはできないんやけど」

「そう、駄目なんやね」

「せっかく電話してくれたのに、ごめんね」

が、わたしは、あきらめはしなかった。これから、長い長い逃亡生活がつづくのだ。

少々のことでへこたれてはおられない。

わたしは、店がはじまる前に「犀川」に顔を出した。

ドアを開くと、あたりを見まわした。

「ビールください」

カウンターの真ん中に座った。客として「犀川」のドアを開けたのだ。

わたしの髪は短めで、化粧はしていなかった。ピンクのブラウスを着、黄色のスカートを穿《は》いていた。夏物の籐《とう》製スーツケースに、デパートの手提げ袋を持っていた。

わたしがひと口飲んでから、ママは、わたしに訊《たず》ねた。

「だれかと、待ち合わせなの」

わたしは、かぶりを振った。

「いいえ、ちがうの。夕方電話した者やけど」

「あら、ごめんね！」

「ママの、その『ごめんね』というひと言がうれしかったんよ。だから、飲みに来たんよ」

ママは、ふつうの客に対するように気さくに応対した。

「そうね。こんな店だけど、ゆっくりしていってね」

「いい感じの店やわ」

ママは、わたしと同じく太めであった。どことなく姉御肌《あねごはだ》で懐《ふところ》が深そうであった。

ホステスのひとりが、わたしに訊いた。

「歌でも、歌う？」

「ええ」

「じゃ、みんなで順番に歌おう」

めいめい、カラオケの好きな曲を選んでいる。

「彼女、二曲目は、なんにする？」

「北島三郎《きたじまさぶろう》の『終着駅は始発駅』を、お願い」

わたしが、歌いはじめた。

一番、を歌った。

二番に入るころから、涙が流れてきた。

三番になると、嗚咽《おえつ》で歌えなくなった。歌の内容と、わたしの人生があまりに重なりすぎていた。

函館止まりの　連絡船は
青森行きの　船になる
希望を捨てるな　生きてるかぎり
どこからだって　出直せる
終着駅は　始発駅

「それじゃ、ママが代わりに歌うね」

曲が終わると涙もろいママは、もらい泣きをし、わたしに訊ねた。

「どうしたん？　大丈夫？　なにか事情があるとおもうんやけど、いやでなかったら話してみたら。それで、少しは気が晴れるかもね」

わたしは、しゃくりあげながら打ち明けた。

「じつは、京都の料理屋の娘なの。家を出てきたんよ」

例によって、口から出任せをいっていました。

「あら、どうして？」

「夫との仲がしっくりいかなくて、これ以上いっしょに暮らせへんとおもったの。一年ほど前から別れたいと考えていたけれど、子供も小さいしね。わたしの親は、自分の好きなようにすればいい、といってくれたんやけど、夫はなかなか承知してくれへんの。黙って家を出るしかないと、覚悟を決めて出て来たんよ」

「恋愛結婚じゃなかったん？」

「ひとり娘やから、親の決めた見合いで、仕方なくいっしょになったんよ」

「子供さん、いくつ？」

「三歳の女の子」

「あら、かわいそうに。一番かわいい盛りじゃないの」

「そうやけど、子供は、母親に頼んできたから心配はないんよ。けど、一日でも早く、働くところを探さんといかんし……」

そういって、眼にじっとり涙を滲《にじ》ませた。

夫のもとに残してきた女の子は、三歳であり、年齢に関しては、まったくの嘘ではなかった。涙も、自然に出た。

それが、ママの同情を誘い、わたしも雇われるためによりオーバーに涙をあふれさせた。

いつか恋人の栗原が、わたしのことを〝人生の女優〟といったが、わたしはここで涙を流さなくては……と思うと、女優顔負けにすぐに涙をあふれさせることができる。

狙いどおり、ママと女の子三人が、わたしの身の上話にじっと聞き入っている。

「まぁ、そういう事情やったん。うちでは住みこみは出来ないし、困ったわね……」

あとで聞くと、ママはそういって、やんわり断わるつもりだったという。

ホステスの道子《みちこ》が、わたしの身の上話にすっかり同情した。

「ママ使ってあげたら」

ママは酒が入った勢いもあり、つい譲歩した。

「まぁ、若い子がほしいんやけど、仕方ないか」

ママはわたしを使うことに決めたらしい。

わたしにとって運がよかったのは、その日は、早い時間はひまなのに、遅くなって急に混みだしたことだった。ママがくわしくわたしについて詮索《せんさく》する間もなかった。

またたく間に、常連客で満杯になった。

「ママ、わたし手伝うわ」

そういって、わたしは、煙草《たばこ》の煙と人いきれで噎《む》せかえるような中を泳ぐように、カウンターの中に入った。馴れた手つきで洗い物をしはじめた。

6

わたしは「雪《ゆき》」という源氏名で働くことになった。

そのころ、松山東署は、わたしの従兄弟《いとこ》の町田大作から、昭和五十七年八月十九日にレンタカーを借りてわたしの引っ越しを手伝ったという証言をとった。

二十六日、わたしは有印私文書偽造、行使で全国に指名手配された。

わたしは、この日、金沢から愛媛の親戚に電話をかけた。

「罪名は、何？　警察は、おる？　迷惑かけて悪いね。わたし、こんなになる思わんからね。わたし、もう指名手配になっとんやろ」

「帰っといで」

「帰りたいよ。ほらァ、でも、帰れんわ。帰りとうても……」

「なんで、こんなことしたん」

「そうやねぇ、わたしもわからんのよ、ほんと。なんであんな馬鹿みたいなことを、ほんと、もう夢みたいやがね」

「ひとりでしたん？」

「もう、聞かんといて、それは……」

「自分のしたこと、わかっとるん」

「わかっとったら、こんなことしてないわね……だまされとうやん、あの子には、わたし、さんざんひどい目におうとるけん、いろいろあったんやけどねぇ……じゃあ、切る、逆探知されたら困る、切るよ、危ない、危ない」

八月二十八日、愛媛県警は、わたしの夫を死体遺棄容疑で緊急逮捕した。

この日、わたしの容疑は、殺人、死体遺棄容疑に切り替えられ、再度、全国指名手配となった。

わたしは、この一連の動きを新聞の記事で知った。

〈指名手配により、手配写真が全国いっせいに回るわ〉

わたしは考えたすえ、決めた。

〈別人になるしかないわ〉

整形手術を受けるため、ただちに東京へ向かった。ママにも、断わりを入れず、店は無断欠勤した。

八月三十日、東京新橋《しんばし》の「十仁病院《じゅうじんびょういん》」を訪ねた。週刊誌でも有名な整形病院で、わたしもその名は知っていた。

まったく架空の人物として、十仁病院の2A室で、ふたりの医師に整形手術を受けた。

上まぶたの脂肪を取った。

目頭《めがしら》の付け根の部分に蒙古《もうこ》ひだがかぶって目尻が下がっているため、眼の幅が狭く、眼と眼の間が広く見えている。それを切開し、眼をパッチリ大きく、いわゆる切れ長の眼にしたのである。

鼻は、鼻根部が低く、口元がいかつい。それをカバーするため、右の鼻の中を五ミリほど切り、鼻筋を通して、シリコンのプロテーゼを入れた。

わたしは、うれしかった。顔を変えて別人になりおおせたことで、みやび殺しの犯人と疑われなくてすむ。

それにもまして、顔が美しくなったことがうれしかった。

〈先生も、モダンな顔になり、化粧すれば見栄《みば》えがする、といってくれた〉

わたしは、あらためておもった。

〈もし、「浪漫亭」にいるころ整形手術していたら、みやびに嫉妬しなくてもよかっ

たかもしれない。みやびを殺さなくても、よかったかもしれない〉

みやびを殺したことで整形手術をすることになったのである。運命の皮肉を感じた。

わたしは、子供のころの渾名《あだな》が「ペッタン」でした。はじめのうちは、おでこが出てて、鼻が低いからペッタンコという意味でそういわれているのかしら、とおもっていた。が、横から見ると、ジャワ原人のピテカントロプスに似ているから「ペッタン」といわれていたのだそうです。

〈今回の整形手術で、別の女に生まれ変わるんだわ。心も別の女になって、逃げて逃げて逃げまくるわ……〉

わたしは、この眼と鼻の整形手術に、二十万円ずつ、計四十万円を払った。

九月六日、わたしは、十仁病院で抜糸治療を受けた。

その夜、まだ顔の腫《は》れは残っていたが、雨の降りしきる中を金沢にもどった。

「犀川」のママには、わびを入れてまた店に出た。

十日もすぎると、わたしの顔の腫れも引いてきた。紅《あか》みもとれた。見ちがえるほど変身していた。

鼻は高く、眼は二重《ふたえ》、どこのモデルかとまちがえるほどの美人になっていたのである。

わたしは、容姿に自信をもった。まるで生まれ変わったように明るくふるまうことができた。

わたしは、客あしらいは抜群で、評判は上々。客によって話題を変え、あつかいも変え、たちまちナンバーワンホステスになった。

わたしが金沢に逃げて三カ月が経とうというころ、根本正《ねもとただし》という機械メーカーの三十五歳の営業マンが客として来た。

背も高く、ガッチリしたスポーツマンタイプである。が、優しい雰囲気である。

根本は、それから毎日のように来るようになった。

それも、毎日決まって八時に「犀川」にあらわれた。

あとで彼から聞くと、それが根本の作戦であった。

そして、きっかり一時間で帰った。そうすることで、わたしに自分の存在を強くアピール出来る。

〈あっ、あの人が来る時間やわ……今日も来るかしら〉

つい、わたしもそう思うようになった。

根本は、遊び馴れているだけあって、そういうラブゲームのような演出を好んだ。

酒も強かった。それに、ただなんとなくまんぜんと飲むのは退屈であった。

そういう凝った演出を、一週間から二週間つづけた。

その後は、ちょっと間をおいて、ポツリポツリと訪れるようになった。

一カ月後、根本は、勤務中のわたしを「犀川」から連れ出した。

ママには、断わっておいた。

「ちょっとママ、雪ちゃんを連れ出してええか」

根本は、わたしを車に乗せ、片町から五キロ入った山の中に連れて行った。

杉の木の生い茂ったあたりに入ると、ふと、みやびを殺して埋めたあたりの光景がよみがえってきた。

あとで、ホステス仲間の文子《ふみこ》につい口にした。

「わたし、辺鄙《へんぴ》なところに連れて行かれ、根本さんに殺されるかとおもったんよ」

みやびを殺して、まだ四カ月も経っていない。ふと、そういう恐怖が走ったのである。自分で手を下した者ほど、被害の妄想が激しいのかもしれない。

じつは、山の中の寂しい街にある居酒屋風の飲み屋に、連れて行かれたのだ。

その夜、飲んだあと、わたしは、モーテルで根本に初めて抱かれた。

「おれは、色の白い女でないと、芯からふるい立たんのや。雪ちゃんは、おれ好みの女や。それに、この吸いつきそうな肌、むっちりとした体つきも、最高や」

みやびを殺したときの愛人の栗原も、白い肌を褒《ほ》めてくれた。わたしは、うれしくて、花弁の濡れも激しくなった。

彼は、わたしの乳房を特に褒めた。

「牛乳で磨いた象牙《ぞうげ》のようにまっ白だ。それに、このゆたかさ」

彼は、大きなダブルベッドに全裸で仰向けになったわたしの両足首を両手でにぎった。

両足首を、わたしの乳房の方に折り曲げる。

わたしのゆたかな尻が、浮きあがる。

まるで母親が赤ちゃんのオムツを替えるときのようなスタイルにさせられた。

「恥ずかしいわ。明かりを消して……」

わたしは、両手で顔をおおって恥じらった。

が、根本はいった。

「なにいうてんや。雪ちゃんの名前のとおり白い肌を見ながら攻めるから、いっそう興奮するのや」

わたしの両足首は、より前に押し倒される。お尻が、さらに浮きあがる。

花弁は、自分でも恥ずかしいほど濡れてくる。

彼のうれしそうな声があがる。

「花弁が、よう濡れとる。欲しがっとんのやな。たっぷりかわいがってやるから……」

やがて、浮き上がった花弁に、彼のたくましいそれが突き入ってきた。

「あぁ……」

あまりの気持ちのよさに、つい声をあげていた。

彼は、リズミカルに突きつづける。

「あン」

彼に突かれるたびに、あふれがいっそう激しくなり、たまらない声をあげていた。

「あン」

「あン」

彼は、遊びなれているらしく、突きの強弱も巧《たく》みだ。

深く突かれるたびに、子宮の奥がやわらかくとろけそうに感じられる。

わたしも彼の突きに合わせて、妖しく尻をゆすっていた。

「あぁ……たまらんわ。根本さん、お上手ね。わたしを、とろけさせて……」

いつ逮捕されるかわからない。そういうおびえにあぶられていることも影響しているのか、よけいに興奮し、体の底から炎が燃えあがる。

わたしは、根本と知り合って半年後の昭和五十八年の初め、ママの家を訪ねていった。

「ママ、根本ちゃんのことやけど、聞いてくれる?」

「ああ、ええよ」

「正ちゃん、奥さんとは、最近、正式に離婚したらしいの。市内から二十分くらいの松任《まっとう》市に一戸建ての家があるっていうので、見に行って来たんよ。いまの雪のアパートには、お風呂もついてないし不便や。そこを出て、松任の家に移りたいんやけど、ママ、いい？」

「それは、あんたの好きなようにすればいい。けど、最近離婚したということは、その家に奥さんと子供とがいっしょに住んでいたんやろ。すぐに入って、近所の人の眼が嫌でないんね」

近所には、根本の姉もいるというのだ。

「そうなんよ。家のローンもあるし、養育費として、奥さんに三万円を毎月支払う約束らしいわ」

「正ちゃんを悪くいうつもりはないけど、色々遊びなれてる感じがする。苦労するのは、見えてるんじゃない？　長くはつづかないとおもうよ」

が、わたしは、三日後に、引っ越しをすることになった。

根本は、そのうち、わたしと真面目に結婚しようといいだした。

根本の母親も、わたしのことを気に入ってくれていた。わたしは、事あるごとに彼女に気に入られるようにふるまっていた。

彼の母親も、離婚した根本がいつまでも独身でいたら、ロクなことはない、と考えていた。だから彼女もわたしと根本が結婚することに賛成してくれた。よろこんで、家具も買いあたえてくれた。

しかし、いざ結婚のために戸籍をとる運びになって、わたしは、「戸籍は、持って来られない」といった。

根本は、それでも、三度、四度も、わたしに求めた。

「戸籍、早く持って来いや」

そのたびに、わたしは拒んだ。

ある日、松山から出張してきたサラリーマンが、「犀川」に、たまたま飲みにきた。そこでわたしを見るなり、隣りのホステスにささやいた。

「おい、あの子、海原光子じゃないか」

「海原光子って、だあれ」

松山でこそ海原光子といえば、だれもが知っている。が、金沢ではほとんど知られていない。

そのサラリーマンが、海原光子が「浪漫亭」のホステス「みやび」を殺した犯人であることを説明すると、ホステスが一笑に付した。

「まさか、人を殺すような人じゃない。雪ちゃんは、松山じゃなく、京都から来たのよ」

その男は、それでもわたしの顔を疑わしそうに見ていた。

わたしの心臓は、激しく高鳴っていた。生きた心地がしなかった。

結局、その男は、警察には通報しなかった。

このとき、この男が警察に通報していれば、その後のわたしの十数年あまりにもわたる逃亡生活はなかった。

ある日、わたしたちの家を訪ねてきたママに、わたしは酔った勢いでのろけた。

「ママ、聞いて。正ちゃん、セックスがものすごく強いんよ。毎日でも出来るんよ」

「アッハッハ。毎日てあんた、生理の日もあるやろに」

わたしは、手を空で振りながら、否定の仕草をした。

「あの日でも、関係ないんやわ。はじめはいややったけど、馴れたらなんともなくなったわ。あの日はあの日で、獣じみた感じがして、別の味わいがあるんよ」

わたしは、彼とのセックスは毎日だから、マンネリに陥《おちい》らないように演出に工夫をこらした。

彼に攻めさせた翌日は、逆にわたしが男のように攻めにまわった。彼を女性のように受身にまわらせた。

わざと電気を消してまっ暗にする。

わたしの右手と左手の十本の紅《あか》いマニキュアをした爪で、彼の全身を妖しく愛撫する。

わたしは、だれもしていないようなカットを爪にほどこしていた。ふつうは、爪の角を丸くしている。ところが、わたしは角を尖《とが》らせて猫のように鋭くしている。それも五本とも伸ばしている。

ママに、注意されたことがある。

「なんや、あんた、こんな爪して。猫やあるまいし、危ないがな」

が、わたしは、ママにいくら注意されても爪を切ることはしなかった。

両手の十本の爪で、彼の全身を妖しく攻めつづける。

まっ暗闇の中で攻めるから、彼は触覚に集中している。

彼の背中をはじめ、全身を十本の爪が這いまわると、彼はたまらなそうにあえぎつづける。

「雪……たまらん」

彼の脇の下、胸、背中、ふぐり、アナルのあたりをくすぐるように十本の指で愛撫すると、彼はよろこびの声をあげる。

暗闇の中を、のたうちまわる。

7

わたしの運命を変える男性が「犀川」にあらわれたのは、昭和五十八年十月のある夜のことでした。

能登《のと》の菓子商組合の旦那衆が、八人で飲みに来た。

カウンターは、八人でいっぱいなので、八人が、雁首《がんくび》ならべてカウンターを占領する形になった。

全員気分よく酔っていた。歌を歌ったりダンスをしたりしてスマートに遊んだ。

そのうち、わたしがそっとママの横に行った。小声でささやいた。

「ママ、このお客の中で、次にお店に来てくれそうな人、だれかわかる?」

ママは、あまり考えずにいった。

「左から三番目の人やとおもうけど」

一見、無口で優しそうな感じがする。それでいて、ニヒルさをその底にひめている。

わたしは、サッとそのお客の前に立った。

すぐに、和気《わき》藹々《あいあい》と話し始めた。

やがて、二次会は、お開きとなった。

その三番目に座った無口な男だけが、後に残った。わたしが引き止めたのであった。

「ママ、彼氏、ボトルキープしてくれたわ」

「上城《かみじょう》」と書いてあった。

それから一週間後、上城は、ひとりで飲みに来た。

わたしは、いそいそとボトルを出した。

「あらァ、上城さん、約束どおり来てくれたん」

二度目なので、無口な上城も、酒がすすむたびに饒舌《じょうぜつ》になった。

上城波太郎《なみたろう》は、能美《のみ》郡にある三代百年つづく老舗《しにせ》和菓子屋「上城堂」の若主人であった。

わたしは、上城に、自分のことを、京都は嵯峨野《さがの》の料亭「もみじ」のひとり娘、と具体的に名乗った。

上城は、三日に一度の割合で来るようになった。

いつも決まって、わたしが上城の相手をした。

上城は、やがて毎日のように通ってくるようになった。

馴れてくると、上城は寛《くつろ》いだ。

「最近、仕事が終わると、まっすぐにこっちに来とるやろ。家の者が、毎日どこに行くがか、と不思議がっとるわ」

ママは、わたしにいっていた。

「仕事一筋で来たような男ね」

上城は、ぼやいた。

「朝も早いし、寝不足や。わしらの仕事は、注文が入れば寝んとでもせなあかん。楽な商売でないわ」

ママは、上城を励ました。

「なんでも楽な仕事はないけど、食べ物商売は一番や。百年以上もつづいてる老舗の三代目やろ。がんばらんといかんよ。毎日往復に二時間もかけて雪の顔を見に来てくれるのはうれしいけど、車の事故だけは、気ィつけまっし」

上城は、黙っていれば、ニヒルで一見女を寄せつけないように見えるが、酔うほどに女のからだに触りたがるくせがあった。

金沢の言葉で「いじくらしい」というそうだ。ベッタリとわたしに甘えかかり、執拗に肌にさわりまくる。肩を叩く。髪を引っ張る。ようするに、犬の愛咬《あいこう》ではないが、じゃれつくのである。

わたしは、そんな上城の好きなままにさせておいた。

上城は、最初は、おそるおそるわたしの尻にさわっていた。

そのうち、前にまわり、胸の中に手を入れる。

わたしがじっとしていると、しだいに大胆になり、ふともも内側にすべりこませる。

そのさわり方に、およそスマートとはいえないねちっこさがある。

男にスレたわたしの眼から見れば、女にスレていない上城は、格好の餌食《えじき》に映った。

わたしは、上城をたらしこみにかかった。

ふたりっきりになるような機会をつくると、耳元に息を吹きかけるようにしてささやいた。

「わたし、店終わったら待ってる。来て……」

そういって市内のホテルの名前をいい、その中のラウンジで待っていてほしい、と耳打ちした。

しかし、わたしは、わざとスッポカした。

自信のある男に、わたしがよく使う手であった。

翌日、「犀川」にやってきた上城は、さすがに気色《けしき》ばんだ。

「ずっと、待っとったんや。なんで、来えへんかった」

「ごめんなさい。どうしても、ぬけられなかったの。ママの大事なお客さんに御馳走になったんよ。許して……」

嘘であった。

「ほうか」

上城は、納得した。

しかし、わたしは、二度目もスッポカした。

上城は、二度もスッポカされて、さすがに完全にきれた。

「犀川」に訪ねて来て、わたしに食ってかかった。

「おまえ、おれをオチョクっとんのかや。ええッ！」

普段の口調とはうって変わった、激しい口調であった。

「ごめんなさい。今度こそ、あなたの好きにして、今度こそ……」

わたしは、次に上城に会ったとき、逆らうことはしなかった。

金沢市内のモーテルで上城に抱かれた。

彼は、二度も焦《じ》らされていたせいもあり、荒々しく、まるでわたしを折檻《せっかん》するかのように攻めながら抱いた。

わたしの紅いワンピースを、剝ぎ取るように脱がせた。

ボタンが取れやしないか、と心配したほどである。

わたしが黒いスリップ姿になると、荒々しくいった。

「ベッドの上で、獣になれ！」

わたしは、円形ベッドに上がった。

獣のように四つん這いになった。

「尻を、突き出せ！」

わたしは、いわれるままにお尻を突き出した。

パンティの色も、スリップ同様に黒色であった。

上城は、スリップをうんとたくしあげた。

パンティに、手をかけた。

つるりと、剝《は》ぎ取った。膝までずらした。

尻がまっ白なので、黒い下着だと、よけいに白さが浮き立つ、とおもってあえて黒色を選んだのでした。

上城は、クラブではとても使うことのない乱暴な言葉でいった。

「茹《ゆ》で玉子のように白く、つるつるしとる。ええケツや」

わたしの尻を、平手でペタペタと叩いた。

「おれを苛《いじ》めるなんて、大したタマだ。おれは、許しゃせんで！」

平手で尻を叩きつづける。

わたしには見えないけど、まっ白い尻が叩かれつづけてピンク色に染まっていくのが自分でもわかる。

上城には、そのピンク色に染まっていく感じが、たまらなくエロチックなのかもしれない。

上城は、やがてわたしの短めの髪の毛をまるで馬のたてがみのように荒々しくつかんだ。

同時に、もういっぽうの手でわたしの尻の谷間をうんと開かせた。

濡れに濡れた花弁に、ペニスを突き入れてきた。

あまりにたくましく固く、花弁は張り裂けそうであった。

もし濡れていなければ、出血したにちがいない。

上城は、つかんだわたしの髪の毛を荒々しく引っ張りながら、ペニスで思いきり突いてきた。

「あンっ！」

突かれるたびに、わたしは背をのけぞらし、尻を突き出した。

上城のペニスが、より深く奥の奥に突き刺さってくる。

「あーン」

わたしは、まるで馬が嘶《いなな》くように声をあげ、うっとりとした。

上城は、わたしの髪の毛をより荒々しくつかみ、ゆすりながら腰を雄々しく使いつづける。

わたしは、あまりにすてきな突きに頭がクラクラしてきた。

上城は、強い調子でいう。

「断け！　もっと断け！」

わたしは、より背をのけぞらせ、尻を突き出し、断きつづけた。

上城の突きも、より激しくなってくる。

わたしは、断きよろこびながらおもった。

〈ふふ。このように女性を攻めると感じるタイプなのね……〉

性のよろこびに型はない。相手の好みに合わせて、こちらが百変化でも二百変化でもすればいい。それでいて、相手のまったく味わったことのない楽しみ方を時に味わわせてやればいい。

8

ある日、「犀川」で、わたしの全身が総毛だつような場面があった。

夕方の六時三十分すぎであった。店には、わたしと美子《よしこ》のふたりだけしかいなかった。ふたりは、開店準備に余念がなかった。

そこに、ふたりの人物が、「犀川」にやってきた。

「中署やけど、ママはおる?」

そういって、金沢中署の刑事ふたりは、美子に声をかけた。

なにごとにも控え目な美子は、申し訳なさそうに刑事にいった。

「まだ来ていません」

そのとたん、わたしは、サッと後ろを向いた。自分でも、顔から血の気の引くのがわかった。

このとき、てっきり自分の指名手配写真を持って刑事が来たものだとおもったのである。

刑事に背を向け、セッセと引き出しを開け、中をあらためるふりをしはじめた。

「ほうか、ママおらんやったら、これ渡しといてくれんか」

わたしは、カーテンで仕切られた奥に入った。

ピンク電話が置いてあり、ちょっとした厨房《ちゅうぼう》がある。ママは、「邪魔になるから、このカーテン取ってしまおかの」といっていた。

わたしは、カーテンの中から出て行かなかった。いや、とても出ては行けなかった。

ジッと息をひそめ、全身を耳にして、刑事と美子の会話を聞いていた。

美子が、その刑事から渡された写真を見て訊いた。

「なんですか、この人」

わたしは、生きた心地がしなかった。

〈ついに、わたしの正体がバレてしまった……〉

ところが、おもわぬ答えが返ってきた。

「うん、無銭飲食の常習犯や。この写真を、ママに渡しといてくれ」

「わかりました」

ドアを閉める音がし、刑事ふたりが出て行った。

わたしは、胸を撫で下ろした。

〈よかった……〉

松任の家でわたしと根本が暮らしはじめて一年目のことである。わたしは、根本が会社に出かけている隙に家具をすべて持ち出し、蒸発してしまった。

根本の蒲団と枕だけ残しておいた。

さらに、根本のアルバムから、根本がわたしを撮った写真や、根本とわたしとのツーショットで写ったふたりの写真も、跡形もなくアルバムから外してきた。

〈もしこの写真が根本の手元に残っていると、アシがつく。のちのち指名手配の写真に使われないともかぎらない〉

こうしてわたしは、上城に借りてもらったアパートに移り住むことになったのである。

わたしは、運送屋とともに荷物を運び出しながら、つい苦笑いしていた。

〈ふふ。みやびを殺して荷物を運び出したときを想い出してしまうわね……〉

それからは、上城の借りてくれたアパートで上城に抱かれるようになった。スナックの方も辞めていた。

上城は、アパートに泊まっていっても、朝は四時ころに起きて、根上《ねあがり》町に帰って行った。上城には妻子がいた。

半月もたたないうちに、根本がわたしの居場所を突き止めた。どうやら、「犀川」のママに聞き出したものらしい。

根本は、上城の借りてくれたアパートに通ってきはじめた。

〈根本と上城とが、もし鉢《はち》合わせしては……〉

わたしは、気が気ではなかった。

根本にも、上城にも、釘を刺しておいた。

「アパートに来るときには、食事の準備もあるので、かならず前もって電話を入れてね」

上城は、根本の存在は知らなかったようですが、根本は上城がわたしと深い関係にあることに薄々気づいているようでした。

アパートで根本と抱きあっているとき、根本はわたしの乳暈をねっとりとなめていて、ふいに気づいた。

ていました。

「おい、これ、キスマークじゃないのか」

根本が指差したところを見ました。

まっ白い乳房の乳暈の上のあたりが、かすかにキスマークのように薄桃色に染まっていました。

わたしは、ドキリとした。

じつは、昨夜、上城がこのアパートに泊まって抱きあったとき、わたしの乳房に吸いつき、キスマークをつけようとしたのであった。

「雪が、浮気できないようにしてやる」

わたしは、上城に吸われたとたん、おもいきり彼の口を乳房から離しました。

「よして！」

「なぜだ？　スナックに勤めているなら、胸の開いたドレスを着ているのでキスマークがあるとさしつかえる。でも店はもう辞めてるんだ。胸の開いてないドレスを着れば、キスマークがあったっていいじゃないか」

たしかに、上城のいうとおりです。

しかし、わたしは、上城と結婚しているわけでもありません。囲われている感じにはなっていますけど、決まったお金をもらっているわけではありません。

上城のためだけに忠犬のように生きるわけにはいきません。

しかし、もしかしたら上城に完全に囲われることになるかもしれません。強くは拒否できません。

「わたし、いつまた『犀川』に出るようになるかわからへんの。そのとき、胸の開いたドレスが着られへんと、せっかくのトレードマークのこの乳房が死んでしまうわ。わたし、色が白いから、キスマークがつくと、何カ月も消えないのよ」

上城は、ようやくわたしのいうことを受け入れてくれた。

が、根本は、そのとき上城が吸いかけた胸のキスマークに気づいたのだ。

わたしは、根本にしらばっくれた。

「わたし、色が白いでしょう。寝ていて、無意識に胸を掻《か》くと、すぐにこんな跡になってしまうの」

根本は、それでも疑わしそうに乳房のキスマークをシゲシゲと見た。

「おれには、キスマークとしかおもえんな。ひょっとして、ほら、一度、『犀川』で見たことのある、顔色の悪いニヒルな感じの男がつけたんじゃないのか」

「あら……わたし、あんな陰気臭い男、趣味じゃないわ。あなたのように優しくて、話してて楽しい男が好きなの」

「そうか……雪がそういうなら、信じる以外ないけど……」

根本は、口ではそういいながらも、なお、疑わしそうでした。

根本は、その夜、いっそう激しくわたしを抱いたあと、わたしにいいました。

「おれの会社の寮の二階が、空いているのや。あそこに移ろう」

上城の影がちらつくのが嫌で、わたしを独占したかったのでしょう。が、松任の家は、ローンが払えなくなり、すでに売っていたので、会社の寮への引っ越しとなってしまった。

今度は、上城の借りてくれたアパートから蒸発した。

上城の買ってくれたテレビや冷蔵庫も、そっくり運び去った。

それどころか、根本が大家のところに行き、上城が支払った敷金まで取って逃げた。

じつは、根本には、わたしがアパートを借りた、と嘘をついていた。根本は、それを信じこんでいたので、わたしに代わって敷金を受け取るのは当たり前のこと、とおもっていたのだ。

所持金が心もとなくなってきたわたしは、サラ金から金を借りたくて、根本の会社の女性従業員を利用することを思いついた。

「歯が痛くて、歯医者へ行きたいの。わたし、保険証がないので、貸してもらえん」

すぐにバレるような手だが、他にあてもなくわたしはその保険証で、サラ金から金を借りた。

サラ金から返せないでいるうち、案《あん》の定《じょう》、サラ金会社が保険証を貸してくれた女性従業員のところへ請求の電話を入れた。

烈火の如く怒った彼女が、根本に喰ってかかった。

根本は、懸命になだめようとしていた。

「とにかく、明日まで待ってほしい。おれが、親戚中掻き集めても、かならず返す。どうか表沙汰《おもてざた》にせんといてほしい」

なんとか金を用意した根本は、わたしといっしょに女性従業員のところに行き、金を返した。

が、脚を組んで煙草をふかしてプイと横を向いているわたしの態度に、彼女は腹を立てたらしい。

今度は、わたしを怒鳴りつけた。

「人に迷惑かけといて、そんな態度ないやないの！」

わたしも、居直った。つい啖呵《たんか》を切った。

「警察でもどこでも、連れていったらええやないの！」

まさか警察まで呼びはしないと思っての啖呵であった。もし本気で呼ばれると、殺人犯「海原光子」であることまで発覚して大変なことになる。

この件で、根本は、さすがに会社にいられなくなった。

ふたりは京都に出て、木津《きづ》の運送会社に根本は就職した。大平《おおひら》運送会社の子会社であった。

わたしは、根本といっしょに会社の寮で生活することになった。

冬だというのにストーブもなく、蒲団もなかった。

会社に行って金を借り、ストーブと蒲団、それに小さな卓袱台《ちゃぶだい》をそろえた。

その卓袱台の上にビール瓶などを置くと、傾いてすべるようなオンボロ部屋でした。

わたしは、働くこともせず、根本とひっそりと暮らした。

そのうち、子供を孕《はら》んだ。

すぐに、根本に告げた。

「出来たんよ、あんたの子や」

根本は、困惑したようです。きっちり籍が入った形ではない。いつわたしと別れるかもしれない不安定な関係だ。こんな形で産まれてきた子は、かわいそうや、と根本はおもったらしい。

わたしも、産む気はなかった。

第一、子供を産むとなると、戸籍が必要になる。「海原光子」であることがわかってしまう。

それに、根本の子か、上城の子か、あるいは、店に通って来ていた別の客とも寝ていたので、だれの子か、わたしにもわかりはしない。

根本につきそわれ、産婦人科に行き、堕《お》ろしました。

根本は、「仕事に行くから、産院で休んでいろ。あとで迎えにくる」といい置いて産院から出て行った。

が、わたしは、根本が迎えに来るまでベッドの上で待ちつづけるわけにはいきませんでした。

もしわたしの正体がばれたとき、病室のベッドの上にいると逃げられない。怖くなり、「体のためには、もっと休んでいてください」と院長先生に止められるのをふりきって、会社の寮に帰りました。

9

それから一カ月後、わたしは、書き置きをして、会社の寮を出た。

「ちょっと、実家に帰ってきます」

しかし、わたしは、実家に帰るわけありません。

金沢に行き、上城と会うことにしていたのです。

じつは、根本が、会社近くのスナックのママとできてしまったのです。その腹癒《はらい》せもありました。

わたしが、上城の待つホテルの一室に入るなり、上城はもどかしそうにわたしのワンピースの裾をめくった。

わたしの背後にまわり、パンストとパンティを脱がせた。

尻を剝き出した。

尻の谷間に手をかけ、うんと開かせた。

わたしは、わざと尻を大きくゆすった。

「いや。いきなりじゃ……」

「いきなりじゃ、濡れないというのか」

上城は、うしろからペニスを突き入れてきた。いつものようにサディスティックな攻め方だ。

〈痛い……〉

とおもったのは、一瞬でした。

上城が、わたしの耳朶《みみたぶ》を嚙み、ささやいた。

「ほれ、みろ。いきなりじゃいや、といいながら、こんなにたっぷりと濡れているじゃねえか……」

わたしは、恥ずかしいほど濡れていたのです。

「いややわ。上城さん、ほんとにお上手なんやから」

「ふふ。おれは、他の男と比べて、うまいのか」

「自分が、一番知っているくせに……」

「わかるわけないじゃないか。他の者と同じ場所で、同じ女を攻めるわけじゃないのに」

上城は、腰を妖しく使いつづける。

わたしは、彼の腰使いにうっとりとしてきた。

「このまま、立っていられんわ……」

上城はしだいに腰使いを荒々しくしながら、わたしに訊いた。

「おれの前から姿を消して、いまだれといっしょに暮らしている」

わたしは、尻をうんとゆすってしらばくれた。

「あン。カーさん以外に、男がいるわけないやないの。実家に引きもどされてるのよ」

「さぁ、実家かどうか……とにかく、おれといっしょに暮らそう」

「いっしょに暮らすというても、金沢のアパートで前みたいにカーさんを待ちつづけてる生活は、いややわ」

「そうじゃない。うちの家に入ってくれ」

「奥さんがいるくせに。どうして入れるの……」

「女房は、追い出す」

「できるの」

「ああ。女房が男と浮気しおったのや。かならず、近く追い出す」

わたしは、ふと、気が動きました。

根本と、これ以上貧乏暮らしをつづけるのもいやだ。

それより、金のある上城の家に入った方がいい。

それに、根本が会社近くのスナックのママと深い仲になったことも許せなかった。

わたしは、尻をゆすって答えた。

「カーさんが、本当に奥さんを追い出してから、わたしも本気で考えるわ」

わたしは、根本の家を出てから三日後、根本の待ちわびる家に帰った。

妙に間の抜けた顔で待つ根本に、いった。

「はい、あんたへのおみやげよ」

わたしは、両手いっぱいに蟹と甘エビを持っていた。

「あんたの大好きなものよ」

根本に手渡したあと、財布から二十万円を取り出し、それも根本に渡した。

「ふふ。実家からせしめてきたの」

本当はみやげも金も上城からせしめてきたのでした。

わたしは、金沢に逃げて以来、じつはひそかに日記をつけていました。

日記には、みやびを殺したときの愛人栗原のことや、愛媛県の西条の自宅に残してきた四人の子供たちへのおもいを書きつらねていた。

『栗原信太郎、あなたが恋しい』

とも書いた。

根本の前でも、上城の前でも、「犀川」のママの前でも、わたしは、「雪」になりきっていた。完全に「雪」をまっとうしたつもりであった。

でも、心のどこかに「海原光子」は生きつづけている。日記を通し、ひそかに夢の通い路ならぬ、闇の回廊を通り、「海原光子」にもどっていたのです。

わたしは、日記を閉じる。また「雪」にもどり、「雪」を演じきる生活にもどった。

わたしは、最初の家出から一カ月後、また「実家に帰ってきます」と書き置きして金沢へ帰った。

金沢で上城と会い、抱かれた。

上城が、抱きながらいった。

「女房を追い出した。うちに入ってくれ」

「御両親は、わたしの入ることに、反対してないの」

「説得はした」

「そう。なら……」

三日間で、また根本のところに帰った。

それから九日後、また「実家に帰ります」と書き置きして、家を出た。

今度こそ、根本のところに帰るつもりはなかった。

根本とは、それきり会うことはなかった。上城のもとに走ったのだ。わたしが金沢に逃亡して三年目のことである。

上城は、本当にすでに妻と別れていて、わたしを妻同然に迎え入れたのである。

久し振りに上城といっしょに、古巣の「犀川」を訪ねた。

ホステスたちは、わたしに羨《うらや》ましそうにいった。

「雪ちゃん、玉《たま》の輿《こし》に乗ったんやねぇ。うらやましい……」

わたしは、上城の手前、照れてみせた。

「そんなことないよ。体裁のいいお手伝いさんなんよ。年中無休の店やから、朝から晩まで働いとるんよ」

文子は、めざとくわたしの指に嵌《は》めている指輪を見つけた。

「あらっ、すごく豪華な指輪も買ってもらって。幸せやなぁ、うちら、一生かかっても、身につけられんわ」

上城が、苦笑いをした。

「女って、こんなもんに興味があるんかいな」

わたしも、満足そうに上城を見た。

わたしは、昭和六十一年九月二十日、上城には「京都の実家に帰る」と偽《いつわ》り、休みをもらって逃亡して初めて故郷の今治市に帰った。

最初の夫との間にできた長男の誠を連れ、「上城堂」にもどった。誠は十七歳になっていた。

家族や親しい人には「舞鶴《まいづる》の親戚の子」と偽った。

昭和六十一年暮れ、上城は、店を木造二階建てから、鉄筋三階建てに建て替えた。

近所の人は、口々にいった。

「あれは、雪さんが来て売り上げをのばしたおかげじゃろ」

わたしも、鼻が高かった。

上城は、わたしに入籍を迫った。

が、わたしは、拒否しつづけた。戸籍を取られたらいっぺんに素性《すじょう》がばれる。

このころから、親戚はもちろんのこと、上城までもが、入籍を拒みつづけるわたしの氏《うじ》素性について、さすがに疑問をいだきはじめた。

「まだ籍を入れとらんがや。早う、きちんとせいというても、雪さんは、入れる気にならんらしいわ」

「嫁さんは、どこの生まれやったんかいね。一度、親御さんにあいさつに行って来たらどうかね。なんやったら、わたしが代わりに行ってもよいがやぞ」

「京都の生まれで、家が料理屋をしとるらしいわ。『もみじ』いうて。そこのひとり娘や、というとるんやけど」

「なんぼ、跡取り娘でも、こうして波太郎といっしょにおって、籍を入れておらんとはおかしな話やわ」

「ふつうは、反対に早う入れてくれというもんやわね」

「籍は入れておらんがに、なんであんなに働くがや。これは、やっぱり、なにかある。おかしいぞね。それに、親類の子まで連れて来て……」

昭和六十三年の一月中旬、町内会で、石川県の加賀《かが》温泉に行って帰ってきた上城が、ただならぬ表情でわたしに問い質《ただ》した。

「おまえとそっくりな女が、指名手配になっとるぞ。海原光子という名前だ」

指名手配の写真を見たとたんに、わたしとわかったという。

わたしは、しれっとしていった。

「似たような人間は、娑婆《しゃば》に三人はおると昔からいうやないの」

それから半月くらいして、上城はわたしにまた問い質した。

「地元でない警察に行って、資料を見せてもろた。おまえ、ほんまは、海原光子やろ。いいかげん、白状したらどうや」

が、わたしは、笑って取りあわなかった。

わたしは、覚悟した。

〈わたしが海原光子と発覚して警察が踏みこんで来る日は、近いわ……〉

昭和六十三年二月十二日の夕方、わたしは公民館にいた。近所で不幸があり、朝からつめていた主婦と交代したところであった。

間もなく、働いているわたしの眼の端に、上城と刑事が車から降りてくる姿が入った。

わたしは、とっさにそばにあった自転車に乗った。

ペダルを漕ぎに漕ぎ、逃げた。

〈せっかく、これまで四年間も逃げつづけてきたんだもの。ここでつかまって、なるものですか……〉

わたしの服装はというと、冬とはいえ、緑地に赤い縞もようが入ったポロシャツに、紺色のカーディガンを羽織り、黒のスカートにピンクのサンダルという軽装であった。

なにも持っていなかった。いつでも逃げ出せるようにとふだんから逃走用バッグはからだの近くに持っていたのだが、今回はそれを持ち出せなかったのだ。

10

上城のところから逃げて十カ月後の昭和六十三年十二月から、わたしは、福井市内の有楽《ゆうらく》にある旧遊郭跡のスナック「宵待草《よいまちぐさ》」で「さゆり」と名乗って出ていた。

それまで「上城堂」から逃げて、大阪、山口、新潟、千葉などを転々としていた。

「宵待草」でつかんだ客が、佐賀修《さがおさむ》であった。

いかにも優男《やさ》といった感じであった。福井市内のあるJR駅で、保線の仕事をしていた。

ときどき、知り合いの土建会社で土木作業員のバイトをするようなつましい生活をしていた。

しかし、父親の死後、遺産として受け継いだ田畑を売り払って以来、狂ったように夜遊びをはじめた。毎晩、札びらをばらまくような飲み方をした。

わたしは、まちがいなくいいカモになると踏んだ。例によって、佐賀をジラすため、約束しておいてはスッポカした。

それを四回もくり返した。

佐賀は、わたしをものにしたい気持ちを、募《つの》らせた。

わたしは、焦《じ》らしに焦らしておいて、ようやくモーテルで彼と抱きあった。

しかし、佐賀は、わたしがいくらかわいがっても容易には奮《ふる》い立ちませんでした。

〈わたしの魅力も、失われてきたんやろうか……〉

さすがに、焦《あせ》りました。

ところが、わたしのおもいちがいでした。

「おれ、糖尿病なんや……」

彼は、恥ずかしそうに打ち明けました。

わたしは、つい訊きました。

「奥さんを、満足させてるん」

「それが、まったく駄目なんや」

「そう。なら、わたしが……」

原因がわたしの魅力のなさでなく、糖尿病とわかり、わたしの気持ちは明るくなりました。

彼のげんなりしたペニスを、優しく口にふくんだ。

濡れた舌で、とろとろとなめつづけた。

右手の五本の先のとがった爪で、妖しくふぐりを撫でた。

「あぁ……」

彼は、まるで女性のように声をあげはじめた。

そのとたん、彼のペニスはしだいにムクムクとしてきた。

たくましくなってきたペニスの鈴口のあたりを、濡れた舌でチロチロとくすぐるようになめた。


五本の指の爪も、いっそう微妙にふぐりを這わせた。

アナルのあたりも、小指の爪でまわすようにかわいがる。


「あぁ……」

彼は、なんともいえない声をあげもだえる。

ついに、みごとに突っ勃《た》ってきた。

わたしは、すかさず彼のたくましいペニスの根本を右手でにぎった。

ペニスめがけて、尻を下ろしていった。

優しく、花弁にくわえこんだ。

しとどに濡れているので、なんとか奥まで入ることができた。

「あうぅ……」

彼とわたしの両方が、うっとりとした声をあげた。

かつて、根本がわたしの花弁を褒めたことがあります。

「おまえの花弁は、最高や。夜でも昼でも、どんな場所でも、すぐに濡れる」

もしわたしの濡れが悪いようでしたら、せっかく佐賀のペニスをなめ立たせても、またすぐにげんなりしていたことでしょう。

わたしは、佐賀のペニスを花弁にくわえこむと、妖しく締めつけ、いっそう隆々とさせました。

佐賀は、よろこんでくれた。

「夢のようだ。糖尿になって、こんなに勃たせてくれたのは、さゆりが初めてや……」

わたしは、彼のそれを妖しく妖しく締めつけ、たっぷりよろこばせた。

「さゆり。い、いきそうだ……」

佐賀は、ついにほとばしった。

佐賀は、それからというもの、すっかりわたしの虜《とりこ》になった。わたしのいい金づるになった。

しかし、佐賀は、上城のようにほんらい金持ちでないせいか、貨幣価値がわからないところがあった。

平成九年の一月はじめのある日、モーテルで抱きあったあと、その感激から、わたしにいった。

「バーでも、もたんか」

「いくら、出せるの」

「五十万円だ」

わずか五十万円ぽっちで店が開ける、とおもっているのだ。

わたしは、にっこりと笑って、彼の頭を撫でた。

「好意だけは、いただいておくわ。わたし、いまはとてもママさんをやる気持ちにはなれないの」

佐賀をよろこばせてやっても、わたしは満足はしません。

しかし、佐賀は、金づるでよかった。他の男とも寝ていたから、セックスのよろこびは別の男で満足していた。

佐賀との仲は、そのままつづいた。

11

平成九年八月十八日の時効――が二カ月後に迫った六月に入り、わたしは福井市に来たときの常宿「福井タウンホテル」の線路をはさんで反対側の福井市大手にあるこざっぱりとしたおでん屋「ほのぼの」にひんぱんに顔を出していた。
女将《おかみ》とも、そこのお客とも、すっかり顔なじみになっていた。

せっかく、ここまで逃げおおせたのだ。本来なら時効までだれも知らない場所にひっそりと隠れていればいいと思うでしょう。

わたしも、そうすべきだ、と思っていました。が、なぜかそのおでん屋に連日のように足が向いてしまう。

わたしは、ここでも「さゆり」と名乗っていた。

「牛乳で磨いた象牙のようにまっ白いゆたかさ」と根本に褒められた乳房を、これ見よがしに目立たせるように、胸元の大きく開いたブラウスを着ていた。

その胸元には、金製のペンダントをつけていた。

本体部分は、丸いリングで縁取りされ、中も、細かい細工がしてある。じつは、このペンダントこそは、殺したみやびの愛用していたものだ。

七月二十八日の月曜日の昼すぎ、わたしは、「ほのぼの」に顔を出した。

わたしは、ビールの中瓶三本を飲んだ。

あとでわかったことだが、じつは、女将は、すでにわたしが「海原光子」であることを知っていたようだ。

この店の常連客の田崎俊《たざきしゅん》と打ち合わせし、わたしの指紋をとり、警察へ届けようとしていたのだ。

ビール瓶のうち一本を指紋採取用として、ママは慎重に、足元の籠《かご》に入れた。

マラカスを振るような明るいテンポの林《はやし》あさ美《み》の歌う『ジパング』がかかった。

女将は、自然をよそおってマラカスの丸い方を手に取り、柄《え》の方をわたしに向け、渡した。

わたしは、柄を持って受け取り、マラカスを振りながら歌った。

すっかりご機嫌になった。

北風ピューピュー　戸板をたたきゃ
もうすぐ　雪ん子　やってくる
春まで　いっぱい　銭っこためりゃ
お馬に　ゆられて　嫁に
早よう来いや　早よう来いや
お馬にゆられて嫁に
娘の気持ちも　知らないで
悲しい恋とは　知らないで
ホッホッホッホッホッホー

わたしには、指名手配犯という厳しい冬が終わり、いよいよ時効を迎え、春が来る、という想いがあった。つい身も心も浮いてきた。

指紋採取用のマラカスが、ビール瓶同様、籠に入れられたのも気づくはずがありません。

わたしは、やがて、ビールから日本酒に切り換えた。

二合徳利に入った「一本義《いっぽんぎ》」の冷やをグイグイと流しこむように飲んだ。

わたしは、田崎にもさかんにすすめた。

「さあ、田崎ちゃん、飲みなさい、飲みなさい」

そういって、水割りグラスにドボドボと注ぎ入れた。

ほとんど一気飲みで、田崎に飲ませた。

田崎が、煙草に火を点《つ》けるためライターを探した。

わたしは、自分のデュポンのライターを取り出し、火を点けた。

四角い形の、銀ネズ色の柔らかいビロードに包まれた重いライターでした。

じつは、このライターも、みやびの部屋から取ったものであった。

結局、わたしは、ビール三本に日本酒を二合徳利六本も飲んだ。

さらにわたしは、気になることを田崎や女将を前にしていった。

「わたし、公開捜査されてるアレに似てない？　よく似てるっていわれるんよ。似てないよね」

「海原光子」とはいわず、「アレ」と表現した。

「そんなァ……」

と、女将はとぼけた。

わたしにとっても、相手に見破られるかどうか、ぎりぎりのスリルでした。あえて挑発してまで、そのスリルを味わっていた。

わたしは、かつて愛人の栗原信太郎から〝人生の女優〟といわれたことがある。たしかにそうかもしれない。

いま、わたしは、女優として、最高の晴れ舞台に立ってひりひりせんばかりのサスペンス劇の大団円を演じている。スポットライトをいっぱいに浴びて。

舞台を盛り上げるためには、観客がいなくてはならない。その観客が、女将であり、田崎でした。

また、これまで女優意識があったからこそ、さまざまな女性に名前も変え、変貌し、ときにそれをおもしろがり、逃亡しつづけることができたのだ。

わたしは、横に座っている田崎にも、自分の鼻を近づけてくっつけるようにして訊いた。

「どう？　整形しているような鼻に見える？」

さらに、鼻の下の傷まで示し、いった。

「これはね、交通事故の跡なのよ」

わたしは、酒の酔いも手伝って、最高のスリルに恍惚《こうこつ》としていた。

やがて、田崎が帰った。田崎のこの夜の飲み代は、わたしの奢《おご》りであった。

女将や田崎がわたしの身柄を警察の手に渡そうとしているなどと、露ほどもおもってはいなかった。

わたしは、自信満々でした。

翌日の七月二十九日、お昼すぎに、わたしはまた「ほのぼの」に入った。

いつものように店の女将や主人や田崎などのお客と雑談しながら、枝豆と焼鳥と納豆を肴《さかな》に、ビール中瓶を五、六本空けた。

午後一時すぎに、じつは、福井県警からママに電話が入ったのでした。

受話器の向こうで、刑事の声が響いていたんですが、自信たっぷりのわたしが気づくはずがありません。

「指紋照合の結果が出た。やはり、さゆりは、海原光子にまちがいない」

刑事が、確認した。

「いま、いる？」

「はい。いつ来ます？」

「すぐ行く」

ママは、声を押し殺し、警察と会話をした。緊迫した警察とのやりとりがつづいた。

午後四時ころ、わたしは店を出た。

わたしは、女将や田崎に心の中でいっていた。

〈ふふ。時効がきたとき、あなたたち、大騒ぎね。「あのさゆりという女、海原光子だったんだ！」。わたしには、その光景が見えるようよ。時効が過ぎて一カ月くらいしたら、お店に、にこにこしながら顔を出して、おどろかしてやろうかしら……〉

わたしは、ほろ酔いかげんで歩いて駅の方に向かった。

『ジパング』の歌の一節をつい口ずさんで「悲しい恋とは知らないで　ホッホッホッホッホー」

突然、わたしは背後から声をかけられた。

「海原光子だね」

わたしの全身から、血の気が引いた。

ふり向いた。

いかつい感じの男が、立っていた。

捜査員にちがいない。全身が凍《こお》りついた。

警察手帳を取り出し、わたしに、任意同行を求めた。

わたしは、怒気をあらわにし、強い調子で否定した。

「ちがいます！　わたしは、田宮《たみや》さゆりです」

が、他の女に化けていられたのもそこまでであった。女優気どりも、そこまででした。

わたしは逮捕され、「海原光子」に引きもどされてしまった。

五千四百五十四日もの逃亡生活は、そこで幕を閉じられてしまったのです。

わたしには、二度とふたたび娑婆に出て来ることのできない無期懲役という重い刑が待っていた……。

歯科治療室の秘悦

1

マチダ歯科医院院長の町田和行《まちだかずゆき》は、レントゲン室から出ると、治療中のもうひとりの患者の治療台に向かった。

パートの君津由美《きみつゆみ》とすれちがいながら、白衣からのぞく十九歳ならではの初々しさを残した襟足《えりあし》を右の人差指でつついた。

由美は、口にこそ出さなかったが、「いやだ、先生……」といわんばかりに首をすくめる。

そのくすぐったそうな仕草は、あきらかによろこんでいるようであった。

が、町田の興味は、由美の仕草には注《そそ》がれていなかった。もうひとりのパート富塚《とみづか》冴子《さえこ》の反応をうかがっていたのである。

冴子は、マチダ歯科医院から道路をへだてた真向かいの家に住んでいる人妻だ。三カ月前の昭和六十年五月から手伝いに来てもらっている。このとき三十八歳で、町田より四歳年上であった。

町田は、冴子に嫉妬《しっと》させるために、わざと由美の襟足をつついてみせたのである。

町田には、冴子の切れ長の眼の白い部分が一瞬青白く光ったように映った。

町田は、心のなかでほくそ笑んでいた。

冴子の反応にはまったく気づかないふりをして患者の治療台にもどり、治療をつづけた。

治療をつづけながらも、背中に冴子の嫉妬の眼差《まなざ》しを痛いほど感じていた。

町田の顔は、ついほころんでいた。白いマスクをしていなければ、その不謹慎な表情が患者にわかってしまったであろう。

夕方の六時半には、診療が終わった。

町田は、由美に声をかけた。

「由美ちゃんは、もう帰っていいよ。あと片づけは、おれと富塚さんとでやっておくから」

由美が白衣を脱いで着替え、やがてドアを出て行く足音が消えると、冴子の声が背後から響《ひび》いてきた。

「先生、ひどいィ！」

町田は、大きなマスクを外《はず》しながら、にやついた顔をつとめて険《けわ》しいものに変え、何食わぬ顔でふりむいた。

「何の事ですか」

冴子は、濡《ぬ》れた紅《あか》い唇をとがらせた。

「ひどい……」

「ぼくには、富塚さんのいっている意味が、さっぱりわかりません」

町田は、気のある女性と話すときには、自分のことをつい「ぼく」と口にしていた。

町田は、近所でも「松坂慶子《まつざかけいこ》に似た美人」と評判の冴子の白い富士額《びたい》に自分の額をくっつけんばかりにして、甘ったるい口調でいった。

「ぼくが、富塚さんに、どんなひどいことをしましたか？」

「わたし、見てしまったんです」

「なにを⁉」

「由美さんのうなじをさわられたの、見たんです！」

町田は、わざと厳《きび》しい顔つきになった。

「仕事中に、あまりキョロキョロしていては、いけませんな」

そういいながら、冴子の額に、いよいよ自分の額をくっつけた。

なまあたたかく、ゾクゾクするほど感じる。

冴子は両こぶしをにぎり、町田の胸を叩いてきた。

「先生、ひどい！　ひどい……」

町田は、眼を細めて彼女が胸を叩くにまかせた。

冴子は、涙さえ浮かべて訴えた。

「わたしが先生を好きなことを、知っているくせに……わたしの眼に入るところで、由美さんにさわるなんて……」

町田は、冴子の両こぶしをにぎった。

「おいおい、ぼくは、富塚さんがぼくのことを好きだなんて、初めて知ったぞ」

冴子は、町田がにぎっている両こぶしをふりほどき、また彼の胸を叩いた。

「あーン、もっと繊細な人かと思っていましたわ。鈍感！　女性がこんなに胸を焼き焦《こ》がしているのに……」

次の瞬間、町田はすかさず、冴子の濃いめの紅いルージュがぬめぬめと光る唇を奪った。

「あぁ……」

冴子は声をあげた。が、すぐに声が出なくなった。

町田は、彼女の舌を吸いこんだ。

濡れたやわらかい肉が、流れこんでくる。

冴子の舌は、興奮にかすかに震《ふる》えている。

町田は、その震える舌を、より強く吸いこんだ。

とろとろととろけそうである。

町田は、うっとりと吸いつづけた。

やがて、冴子も、町田の舌の動きに合わせて自分から舌をからませてきた。

町田のざらざらした舌と、冴子のやわらかい濡れた舌が、妖《あや》しくからみあう。

町田は、あまりの気持ちのよさに頭がクラクラしてきた。とてもこのまま立ってはいられなくなった。

冴子の細っそりした体を抱きしめたまま、窓辺の治療台にくずれこんだ。

さらに激しく舌をからませあい、よろこびに酔いつづける二人。

どのくらい舌を吸いあったであろうか。

冴子の方から、ハッとわれに返ったように離れた。

治療室は、電気が点《つ》いたままであった。

二階の治療室は、道路をへだてた富塚家の二階の窓からだけでなく、一階の台所からもまる見えである。

冴子の夫の貞雄《さだお》は、この時間にはまだ家にもどってはいないからいいが、長女の藤子《ふじこ》、次女の桃子《ももこ》、長男の徹《とおる》の三人の子供部屋は、二階にある。

七歳の長男は、まだこちらをのぞき見てもなんのことかわからない。しかし、十四歳と十二歳の娘たちには、おぼろ気ながら母親の乱れの意味がわかるかもしれない。

あるいは、奥の離れに住んでいる夫の両親が、一階の台所か、二階の子供部屋にひょっこりあらわれ、こちらを見ているかもしれない。

冴子は、ロングソバージュの髪の毛や服装の乱れをなおすと、治療室からそそくさと出て行った。

2

町田和行は、昭和二十六年二月六日に、金沢市《かなざわし》に生まれた。

父の重行《しげゆき》は、そのころ金沢市内で歯科医をしていた。

が、和行が生まれたのを機に、東京で開業することを決心した。

和行が五歳のとき、杉並《すぎなみ》区南荻窪《おぎくぼ》でマチダ歯科医院を開業した。

和行は、小学校は地元の学校に通い、中学から皇室も通う華族のつくった名門校に入った。

小学校時代、ひとり息子のわがままぶりは同級生の父兄の眉《まゆ》を顰《ひそ》めさせた。

子供同士で野球をしていて、ボールを投げるふりをして、同級生に石を投げつけ怪《け》我《が》をさせたこともある。

しかし、母親の幸子《さちこ》は、怪我をした子供が頭から血を流しているにも拘《かかわ》らず、和行を叱らなかった。それほど甘やかしていたのである。

中学、高校と同じ学校に学んだ。

早い時期からピアノのレッスンを受けていたので、高校生にもなると、ピアノを自由に弾きこなしていた。流行のポップスなどお手のものだった。

高校を出た後、一浪して歯科大学に進学した。

キャンパスは、埼玉県にあった。学校は出来て三年目だった。

東京の杉並育ちの和行にとっては、田舎大学としか思えなかった。

田舎育ちの同級生には、町田は、東京の都会のおぼっちゃんと映った。

上から下まで〝IVY《アイヴィー》ルック〟で決めていた。アメリカのIVYリーグに属する大学生のファッションで、〝JUN〟や〝VAN〟のブランドで有名である。当時『平凡パンチ』の表紙に描かれたイラストの男の子のファッションがそれであった。

同級生は、二百人いた。この学年は、人数が多かった。和行は、もともと父親の歯科医院を継ぐつもりはなかった。

六年間のコースを二年留年し、八年かけて卒業する脱線ぶりをしめす。

大学四年の昭和四十八年四月、小学校時代の幼馴染《おさななじ》みの栗本典子《くりもとのりこ》と結婚した。

印刷会社の娘だった。

典子は、女子美術大学に通っていた。ファッションセンスの冴えた格好いい女性であった。知的な雰囲気もそなえていた。

結婚届を出したとき、新婦のお腹の中には女の子が宿っていた。いわゆる〝出来ちゃった結婚〟である。

昭和四十九年、長女の萌香《もえか》が誕生した。

萌香が三歳になった昭和五十二年、町田は、最終学年の六年生にはなっていたが、まだ大学を卒業出来ないでいた。

歯学部の学生は、四年制ではなく、六年制で全課程を修了する。町田は同級生よりは、二歳ほど年上であった。そのせいで、どうしても大人っぽく見られた。

口が達者で、ピアノも抜群にうまい。人の気分をそらさないので、場もたせがうまかった。

自然と、人気者となった。

郷《ごう》ひろみや世良公則《せらまさのり》に似ているといわれた。一八三センチと長身だ。女性の方からいいよられるタイプだった。

じじつ、大学職員ですらりとした美人の尾上苑子《おのえそのこ》と恋愛関係になったこともあった。校内の同級生には評判になった。町田は評判になることがまんざらでもないどころかうれしかった。

町田は、煙草《たばこ》は吸わず、酒も深酒はしなかった。すべてにスマートだった。

新婚生活は、学校近くの川越《かわごえ》のアパートで過ごした。

そのころ引っ越しを手伝った同級生は、町田夫婦の印象について、まわりの者にうらやましそうにいった。

「愛に満ちた、理想的なカップルだわ」

町田は、同級生の知人の結婚式に出席したとき、二次会でピアノを弾いた。ポップスが中心で、その流れるような指さばきにうっとりとした女性は多かった。当時の町田は、真面目な話題のときは、歯科医師としての理想を滔々《とうとう》と語った。しかし、家を継ぐかどうかについては悩んでいた。

論文を書いて、一応博士号は獲得した。

昭和五十三年に、父親の重行が亡くなった。

町田は、歯科大学病院の研修生だった。

母親に懇願され、マチダ歯科医院を継ぐことに決めた。

歯科医師免許を取得したのは、昭和五十五年であった。

町田は、若くてハンサムな院長先生として最初はもてはやされた。父親が信用を得た患者もたくさんいた。

近所の奥さんたちは、まだ二十九歳と若い町田の虜《とりこ》になった。

無口ではないが、ときに愁《うれ》いを帯びた表情になり、無口をよそおい、ただじっと相手を見つめるような男だった。

近所の小学校の校医にもなった。

昭和五十四年、ＴＢＳの人気学園ドラマ「3年B組金八先生」が爆発的にヒットした。その中に悪ガキ三人組が登場した。〝たのきん（田野近）トリオ〟だ。〝トシちゃん〟の田原俊彦《たはらとしひこ》、〝マッチ〟の近藤真彦《こんどうまさひこ》、〝ヨッちゃん〟の野村義男《のむらよしお》のジャニーズ事務所三人組である。

町田が学校に顔を出すと、子供たちから拍手が湧いた。

「わあ、トシちゃんだ」

田原俊彦にそっくりの甘い顔であった。

奥さんたちも、「トシちゃん先生」と呼びならわした。

町田が学校で虫歯予防の講演会を開くとなると、近所の若奥さんたちは、うっすらと化粧をしていそいそと出かけてきたほどであった。

評判は評判を呼び、マチダ歯科医院は大変な繁盛をみせた。

町田の母親は、夫の手伝いをしていたので心得があった。しかし、母親と町田だけでは人手が足りなくなってきた。

昭和五十四年十二月、マチダ歯科医院と十五歩と離れていない真向かいの富塚家に、息子の貞雄夫婦が帰って来た。両親夫婦と同居するようになったのである。

町田が、引っ越して来た人妻富塚冴子と知り合ったのは、このころである。

冴子は、長野県出身の美貌の人妻であった。夫の富塚貞雄とは、職場結婚である。

貞雄は、東京丸の内に本社のある損保会社に勤めていた。その長野支店に赴任していたとき、同じ職場に勤めていたのが冴子だった。

そこで愛を育《はぐく》んだふたりは、昭和四十四年に結婚した。

町田と冴子は、最初、あいさつを交《か》わすていどの近所づきあいをしていたにすぎなかった。

いっぽう、町田の母親幸子は、町田の妻典子と反《そ》りが合わなかった。

典子は、はっきりと意見を主張する知的な女性であった。

そのうえ、夫の仕事を献身的にサポートするタイプの女性ではなく、夫は夫、自分は自分という考え方の女性だった。ほとんど歯科医院には近寄らず、実家の印刷会社の仕事を手伝っていた。

町田夫婦とひとり娘の萌香は、歯科医院から一キロと離れていないマンションに住んでいた。

そのマンションから、キャデラックに乗って歯科医院に〝通勤〟して来る息子に、母親が愚痴をこぼした。

「いっしょに住んだらいいじゃないの」

そこに、冴子が出現した。

町田家と三十年来のつきあいのある富塚家の息子の嫁である冴子が、ひとり暮らしをしている町田の母親に、不自由だからと思い、あまったおかずを届けてあげたとしても、違和感はなかった。

また、都会育ちではない冴子には、隣り近所におかずを届けてあげるという行為に抵抗はなかった。

昭和五十九年、町田和行と典子は、ついに協議離婚した。

町田の学生時代の友人は、「なぜあんなに幸福そうなふたりが離婚したのか腑《ふ》に落ちない」といっていた。

冴子は、やがて、町田の母親幸子に勧められた。

「あなた、ちょっと手伝ってくれない？」

冴子は、見ようみまねでマチダ歯科医院の仕事をパートで手伝うようになった。

昭和六十年五月のことであった。

3

町田と冴子が初めてキスしあった翌日の朝、治療室に入ってきた冴子は、町田と眼を合わせるなり、うなじのあたりを羞《は》じらいの色に染めた。

町田は、自然に気持ちが浮き浮きした。

歯の治療をしながら、一日中楽しくてならなかった。

それから三日後、パートの君津由美が六時半に帰って行くと、町田は、二階の医院の入口のドアに内側から鍵をかけた。

治療室の灯《あか》りを、消した。

町田は、冴子の右手を取ると、レントゲン室に入った。

「先生……」

レントゲン室の鍵を、内側からかけた。

冴子は、かすかに震える声を出した。

「いけませんわ……」

しかし、その震えは、あきらかによろこびのそれであった。

町田は、立ったままで冴子の細身の体を背後から抱き寄せた。

薄い透《す》きとおるような耳朶《みみたぶ》をやさしく噛《か》み、耳の穴の中に熱い息をふきこむようにささやいた。

「この四日間、そばにいながら、きみにキスすることも、さわることもできない苦しさったらなかった……」

「わたしの方こそ……」

町田は、すでに白衣を脱ぎ水色のブラウスに着替えている冴子の胸元に手をしのびこませた。

冴子は、細っそりした体をしているが、胸は盛り上がっている。一度乳房に直接にふれ、もみ楽しんでみたかった。

あるいは、乳房をなめかわいがってみたかった。

それがいま、ようやく彼女の乳房にふれることができるのだ。

町田は右手をのばし、冴子の乳房をつかんだ。

冴子の肌のきめは細かく、しっとりと湿っていて、町田の手のひらに吸いついてくる。子供を三人も産んだにしては張りを保っている。

「あぁ……」

冴子は、せつなそうな声をあげた。

町田にもみしだかれている冴子の乳房は、彼の手のひらのなかで妖しくはずんでいる。

冴子の声が、しだいに上ずってきた。

「あぁ……先生……しあわせです……」

冴子が、町田に体をもたせかけてくる。

乳房をもみしだかれるうちに、冴子は立っていられなくなってきたのだ。

「あぁ……先生、もう……駄目です……」

膝の力を失った冴子は、床にくずおれていた。

しかし、冴子は、そこでまたわれに返った。

「先生、帰らなくては……」

町田も、それ以上執拗《しつよう》にはもとめなかった。

そろそろ、冴子の主人が会社から帰ってくる時間であった。

それから三日後の夕方、君津由美が治療室から引きあげると、冴子が町田にいった。

「昼の休み時間に、ふたりきりになりたいわ」

マチダ歯科医院は、正午から二時までの二時間は休憩がある。夕方六時半からの三、四十分をレントゲン室で愛撫しあうより、まわりを気にしないでふたりきりで抱きあいたい、ということらしい。

町田は、おもわずほくそ笑んだ。

〈焦《じ》らしにじらすうち、すっかり火が点いたな。自分の方から、もとめてきた〉

町田はうなずいた。

「明日の休み時間、コスモス公園に車を止めて待っている」

「うれしい……」

町田は、その夜、キャデラックを転《ころ》がし、近くにモーテルかラブホテルがないかを調べてまわった。

中野《なかの》区の丸山《まるやま》陸橋近くにラブホテルがあることがわかった。

翌日の昼の休憩時間に入ると、町田はパートの由美にいった。

「二時までには、帰ってくる。ちょっと遅れるかもしれないが、そのときは患者を待たせておいてくれ」

町田は、ガレージへ行くと、キャデラックに乗った。

冴子は、すでに自宅に帰り、近くのコスモス公園で待っているはずである。十月になると公園のコスモスが咲き乱れるので、コスモス公園と呼ばれていた。

かすかに小雨が降っている。

キャデラックをコスモス公園に走らせると、公園の入口に冴子が待っていた。

町田は、キャデラックを止め、ドアを開けた。

冴子は、からだをはずませるようにして助手席に乗ってきた。

乗りこむなり、町田の右手をそっとにぎった。

町田も、にぎり返した。

町田は、キャデラックを丸山陸橋に向かって走らせた。

丸山陸橋近くのラブホテルのガレージに入った。

冴子が、嫉妬に燃える眼を町田に向けた。

「先生、やっぱり、噂どおりプレイボーイなのね。これまでも、このホテルに何人かの女性を誘いこまれたのね」

「おいおい、ちがうよ。昨日、富塚さんにいわれて、このあたりに手頃なホテルがないか探して、ようやくここを見つけたんですよ」

ガレージから、受付に向かった。

手続きをすませ、エレベーターで三階に上がった。

ふたりは、部屋に入るや、むさぼるように抱きあった。

激しいキスをし、舌を妖しくからませあった。

やがて、町田はもどかしさのあまり冴子を抱きあげ、ベッドの上に、やさしく投げ出した。

白いフリルのついたスカートが、ふんわりと花のようにひらいた。

パンティストッキングに包まれたむっちりと熟《う》れきったふとももが、あらわになる。

町田は、パンティストッキングに手をかけ、パンティとともに、一気に脱がせた。

冴子は、上ずった声をあげた。

「先生……」

まばゆいほどに白い尻とふとももが、あらわになった。

ふとももの間に、ちぢれ気味の毛が恥ずかしそうにのぞいている。

「先生、恥ずかしくてよ。灯りを消して。暗くして下さい……」

「富塚さんのすべてを、明るい光のなかでたっぷりと見たい」

「いや、恥ずかしい……」

町田は、いきなりふとももの間に顔を埋めた。

口でちぢれ毛をかきわけるようにして、花弁を口にふくんだ。

「あン……先生……」

やわらかい肉の花びらである。花びらは大きめで、右側が左側より大きい。すでにしとどに濡れている。

やさしく吸いこんだ。

「あぁ……」

冴子は、たまらなさそうな声をあげる。

「あぁ……先生……夢のよう……」

花弁の奥からあふれでる甘い蜜が、とろとろと町田の口のなかに流れこんでくる。

町田は、そのよろこびの液を吸い続けた。

「先生……うれしい……」

冴子は、吸われながらうっとりと尻をゆする。

町田の口のなかで、甘い蜜に濡れに濡れた花弁が妖しく開いたり閉じたりする。

「先生……気が遠くなりそう……」

この日、町田は、二時間近く冴子と抱きあい、初めて彼女のなかでほとばしった。

ふたりは興奮の冷めやらぬなか、ホテルからマチダ歯科医院にもどった。

しかし冴子は、待ち合わせをしたコスモス公園前で、あらかじめ町田に頼んでいた。

「わたし、このまま、由美さんに顔を合わせられないわ。午後からは、休ませていただきます。あとで、電話を入れるわ」

町田が治療室にもどると、すでにふたりの患者が待っていた。

由美が、訊いた。

「富塚さんといっしょじゃなかったんですか」

町田は、さすがにドキリとした。

あえて、素っ気《そけ》ない口調になった。

「なんのことだい。富塚さんのことなんて、おれは知らないぜ」

町田は、急いで白衣に着替え、待たせていた患者の治療に当たった。

そこに、電話がかかってきた。

由美が出た。

町田は、そのやりとりから冴子からの電話とわかっていた。

電話が終わると、由美がいった。

「富塚さん、お子さんが急に熱を出したとかで、午後は休ませてもらう、とのことです」

「ああ、そう」

町田は、あえて気のない返事をするのだった。

治療をつづける町田の脳裏に、さきほどホテルで白くなまめかしい彼女の尻を背後から抱きかかえるようにして花弁に突き入れ、ほとばしったときの感動がよみがえってきた。

冴子が、いまごろはすでに自宅に帰り、よろこびの火照《ほて》りを感じながら呆然《ぼうぜん》としている姿が浮かんできた。

4

町田と冴子が、昼休みを利用してキャデラックでどこかへ消えることは、たび重なった。

冴子とふたりきりの時間をつくりたい町田は、君津由美が出勤するなり、

「今日は、帰っていいよ」

ということもあった。

また、電話番として新たに雇った二十二歳の勝田亜紀子《かつたあきこ》に興味がある素振《そぶ》りを見せ

て、冴子にヤキモチを焼かせた。

町田は、そばで立ちはたらいている冴子に聞こえよがしにいった。

「今度入った子、とってもかわいいなぁ」

そして、あからさまに亜紀子を誘ったりもした。

「ねえ、今度、ふたりきりで御飯食べに行こうよ」

すると、冴子は、亜紀子とふたりきりになったとき、おそろしい形相で彼女に迫った。

「先生に、手を出さないでね」

こうして町田は、冴子を嫉妬させて楽しんでいたのである。

また、亜紀子に対しても、

「富塚さんは、きみのこと、後ろから刺しちゃうっていってるから、気をつけた方がいいよ」

などといってからかっていた。

冴子は冴子で、由美と亜紀子のパートのふたりに、うれしそうに眼を細め、まだ恋を知りそめし処女のように自慢してみせた。

「こないだ、先生と、ホテルオークラの中華料理『桃花林《とうかりん》』でお食事したの。とってもおいしかったわ」

まるで新婚夫婦のようなふるまいだった。

そのように大胆にふるまっているから、ふたりの仲は、当然、冴子の夫貞雄の知るところとなった。冴子が町田の仕事を手伝って二年目のことである。

几帳面な夫は、いつもの猫背気味の背を伸ばし、眼鏡の奥の眼をキッと据え、世間体を気にするように冴子にいった。

「あの先生のところには、もう行くな。仕事は、辞めろ！」

貞雄にマチダ歯科医院を辞めさせられてしまった冴子だったが、その後も町田にひそかに会い、抱かれ続けていた。

「あなたのところには、二度と行くな、と顔を殴られたの、ほら、見て。わたしの鼻、少し曲がっているでしょう」

「そういえば、曲がっている」

「あなたにもっと早く会いたかったんだけど、この鼻の腫《は》れが引いてからお会いしようと思って、遅くなったの」

貞雄は、ふたりの間でとことん突きつめて話し合うということよりも、むしろ、自分が〝コキュ（寝盗られ男）〟の汚名を被《かぶ》せられた無様さが近所に知れてしまった屈辱をどうしてくれるのか、というような責め方をしたという。

これまで会社から深夜まで帰って来なかった貞雄は、それ以来、夕方早く帰ってくるようになった。冴子の眼には、貞雄のもともと小さい顔が、心配のため、ますます萎《しほ》んだように小さくなったように映った。

マイホーム主義の貞雄は、冴子が起こした小さなさざなみが、やがて、穏やかな富塚家全体を揺るがし薙《な》ぎ倒すような大波に変化していってしまうのではないか、と真剣に悩んだのである。

いままでおれがおまえにしてきたことに、どんな不満、なんの不足があるというのか、そう叫んでいるようであった。

貞雄は、心配のあまり会社に願い出て、忙しいポストではなく早く帰宅できる閑職に異動させてもらった。

町田は、そんな富塚貞雄のことを、パートの由美に苦笑しながらいった。

「おれのために、だんなさんが窓際族になっちゃったよ」

冴子の夫に露見したことで、町田の猛り狂う激しい愛の炎は、貞雄に対して挑戦的にさえなった。

いくら冴子の夫が会社から早く帰ってこようと、会社を休むわけにはいかない昼間は、愛の野放し状態であった。

午前中の患者がいなくて手が空《あ》いているときの町田は、治療台に座り、向かいの富塚家の台所をジッと視《み》つづけていた。

唇元《くちもと》も、ついしまりなく瞳はうっとりと潤《うる》んでいる。

その視線の先には、エプロン姿の冴子が、台所で楽しそうに料理をつくっている。

その料理は、じつは、やがていまからいっしょに食べるふたりの料理なのだ。

子供たちがいないお昼休みには、決まって町田が白衣姿のまま富塚家に入って行く。

そこで、ふたりきりで食事をしていた。

近所の幼馴染みが、町田に治療を受けたとき、町田の首筋に濃厚なキスマークを発見した。

幼馴染みは、近所の噂として、町田が冴子とただならぬ関係にあることを知っているらしくて、それとなく忠告した。

「町田よ、患者にバレたら大変だよ」

あわてた町田は、ハイネックの白衣に着替えた。

いっぽう冴子は、夫の貞雄から、「二度とあの歯医者に行くな」と釘を刺され、パートの仕事は辞めさせられていたが、今度は、患者としてマチダ歯科医院に姿を見せた。

冴子が来るのは、パートのいない留守のときと決まっていた。

治療台に冴子が座る。

町田がいう。

「はーい、口を開けて」

「顔見られるの、恥ずかしいわ……」

冴子は、持っていたハンカチで顔をおおった。口だけ出して、治療を受けた。

ところが、町田は、典子と協議離婚して四年目の昭和六十三年八月、また籍をもどした。

長女の萌香が中学二年生になっていて、高校受験の勉強が始まる。それに多感な時期で、父親のいないことでぐれ、不良になっては……と心配したのである。

母親の幸子にも「孫のことを考えてくれ」と強くすすめられてのことであった。

町田は、妻の典子に誓った。

「交際していた女性とは別れた。自分は変わった。なんとかヨリをもどしてほしい」

町田は、マチダ歯科医院から一キロ先のマンションに妻とひとり娘といっしょに住むようになった。

しかし、冴子は、よりいっそう町田への想いをつのらせた。

町田も、本気で冴子との縁を切る気はなかった。

ふたりの仲は、ますます近所でも評判になった。

パートの君津由美も勝田亜紀子も、それが原因でとうとう辞めていった。

マチダ歯科医院も父親から引き継いだころには想像もできないほど患者の足が途絶えた。

もともと、腕が確かなわけではなかった。

客を治療室にほうっておいたまま、コーヒーを飲みながら、ひとり悠然と音楽を聴いていたこともある。

マチダ歯科医院が不評になるのもおかまいなく、町田は、冴子との逢瀬を重ねた。

最初は冷ややかに黙認していた妻の典子も、あきれはてた。

ついに、炊事、洗濯を放棄した。

他の女にうつつをぬかし、自分を下女かなにかのようにあつかう夫に憤《いきどお》りをおぼえたのだ。

以後、口をきかなくなった。

町田は、しかたなく、キャデラックのトランクに洗濯物を詰め、歯科医院の方に運んだ。

洗濯は、母の幸子や、冴子の仕事となった。

5

平成二年四月、冴子の次女の桃子が高校二年生の時に、冴子の夫の富塚貞雄が、浜《はま》松《まつ》支店に転勤になった。

冴子は、夫に訊いた。

「わたし、いっしょに浜松について行きましょうか」

しかし、貞雄は拒否した。

「用事があったら、週末に帰ってくる。来なくていいよ」

貞雄がそういった背景には、長女の藤子が短大生、次女の桃子が高校生、一番下の長男の徹が小学生、とまだまだ子供は親の手がかかる年代だったということがあった。子供が学校から帰って来て、母親がいないのといるのとでは、子供の教育に大きく影響する。

それに、冴子までもが家をあけると、子供と老人たちだけでは、なにかあったとき心配だ。そういう理由で、冴子に家にいてもらいたいと思ったのである。

冴子が夫のいる浜松に出かけたのは、最初の赴任のときだけだった。

貞雄は、口にしていたとおり、金曜の午後九時三十分から十時の間に、浜松から自分で車を運転して自宅に帰ってきた。そして、家族と週末を過ごし、月曜の午前五時に家を出て、車を運転して浜松の支店に出社した。

浜松に移って間もないころ、週末になるたびに自宅へ帰る夫の眼には、妻の冴子がものすごくよろこんでくれているように映った。それが、馴れてくるにつれ、ごくふつうに迎えるように変化したと思われた。

じつは、冴子の夫が単身赴任で浜松へ行ってからの町田と冴子は、いっそう大胆不敵になっていたのだ。

町田は、午前中に冴子の家に電話する。

「今晩、行くから」

「お待ちしてます」

用心深い冴子は、ふだんは富塚家の玄関の鍵を二重ロックにしていた。その鍵をかける音は、かなり大きい。「カチッ、カチッ」と二回の施錠の音が、近所にまで響いているような気にさえなった。

しかし、町田が密会に来る日は、鍵を甘く一重にしていた。

真夜中の午前一時ころ、富塚家の子供たちが寝しずまる。

冴子は、子供たちが熟睡したのを確認すると、一度家の電気を切った。

しばらくして、ふたたび電気を灯《とも》した。

その直後に、それを合図のように町田に電話を入れた。

「もう、大丈夫だわ」

町田は、このころは、妻と別居し、マチダ歯科医院に母親といっしょに住んでいた。

町田は、マチダ歯科医院を出る。道路をわたり、息を殺すようにして、富塚家の玄関のドアを回した。

あらかじめスペアキーはつくってあった。

ドアは、鍵を一回解錠するだけで開いた。

町田は、ドアをそっと開いて家のなかに入った。

冴子が、淡いピンク色の透きとおったネグリジェで玄関にあらわれた。夫の前では決してネグリジェを着たことがなく、町田のためにわざわざ買って着ているのだ。

なまめかしく化粧をほどこしている。薄暗がりのなかに、あでやかな花がひらいたようである。

ネグリジェから透けて、なまめかしい白い肌が浮きあがる。

町田は、あまりの妖艶さにあらためてゴクリと生唾を飲みこんだ。

子供たちは、二階に寝ている。

一階は、日本間と廊下越しに六畳のダイニングがある。

冴子は、その日本間で、いつも寝ている。

冴子は、町田の手をにぎった。

いつものように、彼女の寝室である日本間に誘《いざな》った。

寝室は、さすがに真っ暗にしていた。もし二階に寝ている子供たちがなんらかのことで一階に降り、寝室に入ってきたとき、町田を押し入れに隠すためである。

町田は、冴子のふとんにしのびこんだ。

冴子も、ふとんに体をすべりこませる。

冴子は、町田の耳朶を嚙み、ささやいた。

「和行を待ちきれなくて、ほら……」

町田の右手を、ネグリジェの下にみちびくと、パンティにおおわれたちぢれ気味の毛の奥にひそむ花弁に、ふれさせた。

指の先が熱く感じられるほど濡れに濡れている。

町田は、人差指の腹を花弁のあふれに沈め、たっぷりと浸した。

その濡れた人差指で、クリットを、妖しく撫《な》であげる。

「あぁ……」

冴子は、声を懸命に抑える。が、かすかによろこびの声がもれる。

町田は、クリットを妖しく妖しく撫であげつづける。

冴子は、声を殺しながらよろこびに身もだえした。

「あぁ……」

指をまわすようにして、クリットをかわいがりつづける。

冴子は、もだえにもだえる。

ついに、クリットがエクスタシーに達しそうになったらしい。

声がもれる。

「あぁ……いくわ、いきそう……」

町田は、ドキリとして、彼女の口を左手で押さえ封じた。

が、冴子は、もがきながらも声をあげた。

「いく、いくぅッ！」

冴子は、体をのけぞらせ両脚をピンとのばして、ついにクリットをのぼりつめさせた。そして、しばらくエクスタシーの余韻にふけっていた。

だが町田は、冴子を休ませることなく彼女のネグリジェをたくしあげると、ネグリジェと同じピンク色のパンティを脱がせた。

冴子の尻が、剝《む》き出しになった。

細っそりした体に似合わぬゆたかな尻である。

冴子は、上ずった声でせかす。

「早く……」

町田のズボンのふくらみに、もどかしそうに手を這《は》わせてくる。

町田は、暗闇のなかでにんまりしながら、ズボンのジッパーを下ろした。

ブリーフをさらにずらした。

ペニスを剝き出した。隆々と突き立っている。

冴子の背後から、彼女のむっちりした尻の谷間を割るようにした。

ペニスを、花弁にしのびこませた。

花弁は、あふれにあふれている。

一気に、奥の奥まで突き入った。

「あぁン……」

冴子は、ついに大きな声をあげた。

燃えあがってしまうと、男性にくらべ、女性の方が、まわりに対する警戒心を失うのか。

町田は、おもわず、右手で冴子の口を押さえた。

そしてそのままの姿勢で、腰を雄々《おお》しく使いはじめた。

冴子も、町田の腰使いに合わせ、妖しく尻をまわすようにしてもだえる。

花弁のあふれは、いっそうおびただしくなる。

腰を使い合うたびに、淫靡《いんび》な音が響く。

やがて、町田のペニスを包みこんでいる肉襞《にくひだ》が、震えヒクつきはじめた。

エクスタシーに達する前の冴子の癖だ。

町田も、ほとばしりそうになっていた。

町田は、冴子の耳に口をつけて、ささやいた。

「妊娠の心配は、ないのか」

「日数的に、大丈夫よ……」

町田は、腰使いを激しくした。

冴子は、尻をくねらせ身もだえる。

町田の右手で口を押さえられている冴子だが、よろこびの嗚咽《おえつ》はやまない。

「いくわ、いく、いく、いくぅ……」

ついに、花弁の奥の奥が震え、冴子はエクスタシーに達した。

町田も、ほとばしった。

町田は、冴子の声を封じていた手を離した。

冴子は、うっとりした声音《こわね》でいった。

「和行さんのほとばしり、まるで滝のような勢いでしたわ……」

町田は、冴子を抱き終わっても、すぐには引きあげなかった。

朝になるまでふとんのなかで添い寝していた。

朝になって、二階に寝ている子供たちが起きはじめた。

冴子は、ふとんから出た。

日本間から廊下越しの六畳のダイニングルームに入り、朝御飯をつくりはじめた。

町田は、一階の日本間の押し入れに隠れた。

子供たちは、それぞれ時間差で起きてくる。二階で着替え、下に降りてくる。

ダイニングで、母親といっしょに食事をして、弁当を持って出かけて行く。

町田の隠れた押し入れは、夏の座蒲団やふとん類、冴子が好きでよく買っていた食器類、結婚式などでの祝物などがぎっしり詰まっていた。子供ひとり入れないような状態であった。そのなかに小さく丸まって隠れつづけていた。

町田は、万一トイレに行きたくなっても、それはできない。

子供たちが三人とも出かけて行くと、町田は、ようやく押し入れから出た。

ダイニングルームへ入り、冴子のつくってくれた朝食を食べた。

それから、自宅に引きあげて行った。

時間があれば、冴子は、決まって町田の足の指の爪を切った。

蜜のような深夜の密会の味をおぼえた町田は、自慢げに知人に話した。

「愛人の家に夜這いをするスリルが、たまらないよ」

6

町田は、マチダ歯科医院があまりにも暇なので、夕方六時までの治療時間を延長して、八時や九時まで患者を診察するようになった。

それも、妻と別居し、四六時中医院の方に寝泊まりしているからできたことである。

町田の老母は、息子と人妻の冴子とのふたりの熱愛を黙認していた。

じっさい、町田の母は、冴子と泊まりがけの旅行に行ったりした。典子より冴子の方を気に入っていたのだ。

町田の母親が旅行に行くときは、冴子が、町田家で飼っている雑種犬を預かったりした。

町田家のふたりと冴子の仲が親密度を増せば増すほど、患者はますますマチダ歯科医院から遠のいていった。

十年近くつきあいのあるガソリンスタンドのツケも溜まっていた。

ひところは、電話番だけの女性にさえ時給千円も出していた羽振りのよさだったが、ついにパートの女性も雇えなくなった。

町田がひとりで薬の調合、会計、電話番までこなした。

富塚貞雄は、平成五年四月に、浜松支店から三年ぶりに東京本社勤務にもどった。

この間、子供たちも、なんの問題もなく育った。思春期で心配だった長男も、登校拒否もせず、長期欠席もなく、元気に育った。富塚は、うれしかった。

富塚は、母親から、ちょくちょく前の歯科医町田和行が家に遊びに来ていた、と聞いた。

富塚は、ただちに町田と町田の母親に抗議した。

「なに考えてるんですか。近所の手前もある。誤解を招くような行為は、慎《つつし》んでくれ。ウチには、二度と出入りしないでくれ」

町田の母は、あっけらかんとした調子でいった。

「いやぁ、おたくの奥さんは、田舎の方だから、気さくですね。お食事をお裾分けしていただいたりするから、ついつい、わたしどもも甘えてしまってね」

これからは、町田は富塚家に出入りしない、という約束をさせた。

富塚は、冴子にも質《ただ》した。

「前の歯医者がちょこちょこウチに来てるようだけど、何しに来てるんだ」

冴子は、うろたえることもなく平然と答えた。

「うちのワープロを使わせてくれって、来てらしたのよ」

富塚は、冴子の言葉を信じることにした。

が、口にこそ出さなかったが、腹の中では思った。

〈ワープロをそのまま貸してやったらいいじゃないか〉

冴子は、平成六年五月三十日から、京王《けいおう》プラザホテルの結婚式場で結婚式の介添人の仕事をはじめるようになった。

冴子は、前々から夫にいっていた。

「子供たちがいるので、支障がないていどに、介添人の仕事をしたい」

経済的な事情からではない。

京王プラザホテルの土、日、祝日に勤めた。毎週ではなく、出たり、出なかったりだった。

町田と密会の時間をつくるためのカムフラージュにも、外の仕事をもちたかった。

平成九年十月、町田夫婦の間で、ふたたび離婚話が持ち上がった。

町田と典子は、どちらからともなく、「籍を抜こう」といいだした。

冴子は、町田夫婦が形の上だけでも夫婦でありつづけていることで、町田との恋愛を不安なものに感じていた。

町田は、少しでも冴子の気持ちの負担を軽くしてやろうとおもった。

平成十年一月、町田と典子は、ついに離婚した。もう修復は不可能であった。

いや、修復もなにも、町田の心の中では、とっくに冴子が妻となっていた。

町田は、典子や萌香と住んでいたマンションを、町田名義から典子名義に替えることに同意した。財産分与となった。離婚は、きわめて事務的な手続きでしかなかった。

じっさい、町田は、近所の「アクアスポーツクラブ」の常連の川上泰伸《かわかみやすのぶ》相手に、冴子を彷彿とさせるような女性を妻といって話題にのぼらせていた。

町田は、平成九年の夏ころから、「アクアスポーツクラブ」の会員となっていた。じつは、典子たちと別居前に住んでいたマンションの近くにラドン温泉があった。サウナ風呂が大好きな町田は、いつもそこに通っていた。

しかし、そこが潰れたのと、妻とは別居し医院の方に住まうようになったため、医院から近い「アクアスポーツクラブ」の方に替えたのである。

町田に話しかけたのは、川上の方だった。

「あんた、町田さんでしょう。おれ、鍵をあつかってる川上商店の川上ですよ」

川上は、町田を「アクアスポーツクラブ」でよく見かけたので、気になってたまたま声をかけたのだった。とくに親近感があったわけではなかった。いつも顔を合わせていてなにも声をかけないのも不自然だとおもったまでだった。

「おたく、どこの学校？」

町田は、嘘をついた。

「麻布《あざぶ》ですよ」

「すごいねえ。いいとこ、出てんだねぇ」

「黙ってたって慶応に入れますよ。同級生は、みんな東大に行きました。でも、ぼくは、東大も慶応も落ちて、なんとか東京医科歯科大に引っかかりましたよ」

川上は、そのいいかたに、厭味《いやみ》な匂いを感じた。

〈なんでかな、見栄張ってんのかな〉

その〝東京医科歯科大卒〟という嘘を後で川上から聞かされた町田の幼馴染みは、苦笑した。

「あいつらしいな。いつも自分以上に大きく見せようとするんだよ」

町田は、「アクアスポーツクラブ」受付でサインをするとき、漢字ではなくローマ字でサインをした。

さらに、川上に、京都が好きでよく行くという話もした。

「ぼくは歴史が好きなんですよ。子供時代は、よく京都に連れていってもらって、向こうに何泊かしました。京都は歴史的な名所旧跡が多くて、ちょっと歩いていてもすぐに歴史の現場にぶつかりますよ。なにしろ一千年の都ですからね。大きくなって、自分でも何度か訪ねるんです。いつ行ってもいいですよね」

川上は、町田が自分を一段高く見せたがる性格なのだとすぐに分かった。

町田は、ゴルフが好きだともいった。

川上は、つきあっていっしょにゴルフへ出かけてみようと思ったが、格式高そうなので深く関わらないことに決めた。

そういう冷静な目で見てあまり深入りしないようにしていると、町田の軽薄な所がはっきりしてきた。

娘がひとりいるといった。

「宝塚《たからづか》を受け、通ったんです。将来は、芸能人にしようかと思ってるんです」

町田の親しい知人が、川上に解説した。

「娘は、いい学校に通っていて、馬鹿じゃないし、じゅうぶん世間体は保ってるのに、わざわざ華やかな宝塚に入れたっていうような嘘をつくんだよ」

町田は、川上に、冴子らしき女性を妻と称して話に登場させた。

「いつも夏になると、女房は北海道に帰郷するんです。一カ月もあけるんで、わたしが飯を作るんです。大変ですよ。いま女房を飛行場に送ってったとこです」

川上は、それを聞いて、あきれたようにいった。

「あんた、馬鹿じゃねぇの。女房を、一カ月も実家に返してさ」

「いえ、けっこうぼくは、こういうの馴れてるんです」

「アクアスポーツクラブ」は、夜の十時で終わりだった。町田はもともと九時すぎに来て、他のトレーニングはまったくせずにサウナに三度も四度も入った。

ある日、町田は、終了まぎわにあわてて来たことがあった。

「どうしたんだい、こんなに遅く」

川上が訊ねると、町田は答えた。

「嫁さんの友達が横浜にいましてね。今日はそちらに遊びに行っているんですが、つい話し込んで遅くなっちゃったっていうんです。それで、ちょっと車で横浜まで迎えに行ってたんですよ」

「ヘッえー、マメなんだね、あんた」

「酒を飲まないもんで、こういうことが好きなんですよ。うちの娘なんか、ぼくが飲まないから、酔っぱらいというものを知らず、酔っぱらいを見ると、すごくおっかながりますよね。鮨《すし》屋に行っても、酒飲まないから、あっという間に食い終わっちゃうんです。格好悪いですよ」

町田は、平成十年に入って、ときどき体に傷をつけて来ることがあった。

川上は、不思議に思った。

〈いったい、何の傷なんだろう……〉

引っ掻かれた傷のようでもある。噛まれた傷のようでもあった。

じつは、町田が冴子に噛まれた傷であった。

7

平成十年一月に町田和行・典子夫婦の離婚が成立してからは、富塚冴子は、周囲にいいふらすようになった。

「わたし、先生と結婚するかもしれないわ」

冴子は、二月初旬に離婚届にサインをし判子を押して、夫の貞雄に見せた。

しかし、夫は、それを見るなり破り捨てた。

さらに、冴子は、マチダ歯科医院の引き出しからこっそり睡眠薬を持ち出した。眠りに就く前、夫といっしょに晩酌をするが、そのグラスの中に溶かして飲まそうと考えたのである。

結局、実行には移さなかった。

が、なにを思ったか、そんな物騒な一部始終までを、そのころマチダ歯科医院にパートに新しく入った女性に打ち明けた。

それから間もなく、冴子は、町田とホテルで抱きあったあと、告げた。

「妊娠したの、わたし……」

「ぼくの子かい」

「当たり前でしょう」

冴子の眼が、怒りに燃えた。

「わたし、夫に体を任せるなんて、してませんわ。あなた以外の男の人に、抱かれるわけないいじゃないの」

「どうするつもりだ」

「あなたとの子供ですもの。わたし、どんなことがあっても、産むわ」

町田は、決心した。

〈冴子といっしょに生活しよう〉

しかし、二月中旬、妊娠は勘ちがいとわかった。

以後、冴子は、町田と会うたびに死ぬことを口にするようになった。

冴子は、三月の初めにホテルで抱きあったあと、ハンドバッグのなかから、プラスチックケースを取り出した。

それを開けて、町田に見せた。

町田は、思わず訊いた。

「なんだい、これは⁉」

「あなたの爪」

町田と深いつきあいが始まってからというもの、冴子はいつも町田の爪を切っていた。その切った爪の切れ端を、捨てずに大切に持っていたのだ。

古い爪は、粉々になって風が当たると飛び散りそうであった。

冴子はいった。

「爪だけじゃなく、わたしたちの骨も、死ねばこのように粉々になるのね。わたしたちふたりに、お墓はいらないわ。ふたりの骨を混ぜて、風に流すの……。どこまでもいっしょに、風に舞いつづけたいわね……」

しかし、表向きは、冴子は、良妻賢母を演じつづけていた。夫が出かけるとき玄関まで出て行ってにこやかに見送っていた。冴子も夫も、あくまで世間体を気にしていた。

次女の桃子は、平成九年十二月以降、家にいた。

長男の徹は、一浪していた。平成九年十二月から十年四月まで予備校に通っていた。

長女の藤子は、平成九年十二月初旬に、山田隆夫《やまだたかお》と結納を交わした。

冴子は、富塚家でおこなわれる結納のために、近所の鮨屋から料理をとったり、積極的にふるまった。とてもよろこんでいた。

十年正月には、藤子のフィアンセの山田が、富塚家に遊びに来た。

冴子は、そのときも、ふだんと変わらぬ様子だった。結納をとてもよろこんでいた。

平成十年三月、四月は、披露宴の衣装合わせや、記念品の品揃えなどで忙しかった。

していた。

藤子は、会社勤めをしていた。会社の帰りに、母親と待ち合わせてあちこち買物をしていた。

前年の秋からは、冴子は、藤子の結婚の買物で手いっぱいだった。とくに、平成十年三月からは、藤子が結婚式に着る着物の見立てで、よく外出していた。

藤子の話では、母親の冴子は、衣装合わせのとき、相当アドバイスをしてくれた、とのことだった。

藤子の結婚式の日取りは、平成十年五月十七日。場所は、目白《めじろ》の「椿山荘《ちんざんそう》」。決まったのは、一年くらい前、すでに結納の前に決まっていた。

富塚一家は、三月二十五日と二十六日に、家族旅行を計画した。

富塚は、家族を前にしていった。

「藤子の結婚も決まったことだし、家族そろって旅行をしよう。藤子の会社の仕事の都合がついたら、行こう」

子供たちが小さいとき、よく箱根《はこね》、伊豆《いず》、シンガポールなどに旅行したものだった。

この結婚前の家族旅行には、冴子も大賛成だった。場所は、宮城県仙台《せんだい》市の近くにある秋保《あきう》温泉に決まった。

旅行出発当日の二十五日の朝は、朝食をとらずに家を出た。

東京駅で弁当を買って列車の中で食べた。

夫の眼には、冴子は、旅行の間中、ずっと楽しそうだった。これが、最後の家族旅行になるとはおもいもしなかった。

四月には、長男の徹の専門学校進学が決まった。貞雄の弟ふたりから、入学祝いをもらっていた。

冴子は、四月末か五月初めころに、なにかお返しの品物を買いに行かなくては、といっていた。

弟の妻にもいっていた。

「娘の結婚式が終わり、落ち着いてから、お返しに上がるわ」

四月二十九日、町田と冴子は、「ホテルオークラ」の部屋をとり、抱きあった。

さらに五月五日にも、やはり「ホテルホークラ」を利用して抱きあった。

冴子の夫が深い眠りについていて気づかない午前一時前後には、確実に帰っていた。

冴子の長女の結婚式が、五月十七日に迫っていた。

五月五日の夜、いつも狂おしくもだえる冴子が、いっそう激しくもだえた。

まわりの部屋にまで聞こえるような声をあげエクスタシーに達した。

ラブホテルでなく一流ホテルなので、町田は、さすがに気が引けた。

町田もほとばしり、脱《ぬ》け殻《がら》のようになっていると、冴子が突然、町田の喉にナイフを突きつけた。

町田は、ドキリとした。

いつの間に、どこからナイフを取り出してきたのか。

冴子は、思いつめた表情になっている。

「これで、わたしたちは、もう刺しちがえるしかないのよ」

町田は、全身が総毛立つ思いがした。

懸命に、冴子をなだめた。

「そんなに死にたかったら、治療室で死のう」

冴子は、あまりにも興奮している。

そこで、町田は、とっさにそういったのである。

町田は、少し興奮のおさまった冴子にいった。

「藤子ちゃんの結婚式が終わってからでも、いいんじゃないのか」

冴子は、死ぬしかない、といった舌の根も乾かぬうちに、優しげな表情でいった。

「来年のあなたの誕生日には、札幌《さっぽろ》の雪祭りにいっしょに行こうね」

冴子の心が、細かく揺れているのが町田にもわかった。

前年の暮れから生理がなくなり、てっきり妊娠とおもった。妊娠したからには、富塚の家を出ないといけない、と思い定めていたようだ。さらには、妊娠の有無に拘らず、家を出たがっていた。

町田にも、よくいっていた。

「長男が中学を出たら、家を出る」

それが、「高校を出たら」に変わり、最近では、「大学に受かったら家を出る」といっていた。

だが、長男の大学受験をはじめ、子供たちの問題は山積していた。子供たちの成長過程の中で、一番母親が必要なときに自分が家を出てしまったら、残された家族たちは、どうするのだろう。そんな心労が積み重なっていた。だが、さいわい妊娠ではなかった。ホッとしたと同時に、どこか寂しいおもいもあったのだろうか。

決定的だったのは、長男が大学受験に失敗したことだ。それが、自分たちの道ならぬ関係のせいなのではないだろうか、と悩んでもいた。

町田もせつなかった。

〈彼女は、母親と女の間を激しく揺れ動いているので辛《つら》いのだろうか……〉

8

町田は、とりあえず、冴子と自分とが今後どうするかの態度決定を五月十七日以降に延期することにした。

〈心中するにしろ、ふたりが結婚するにしろ、清算して別れるにしろ、結婚式が終わってからだ〉

しかし、逆に、五月十七日以降、態度をはっきりさせなくてはいけないとの重圧もあった。

町田は、ますます仕事が手につかなくなった。マチダ歯科医院の評判は、目に見えて落ちていった。

町田は、ある患者の歯を麻酔もせずに抜きかけた。

その患者は、危うく気づいて逃げた。

その患者は、近所にいいふらした。

「ありゃ危ないよ。ヤバい薬でもやってんじゃないのかな、あの先生……」

そのうち町田は、よく休業の看板を出すようになった。

車を運転する人間ならなんでもないガードレールに、車をぶつけることもあった。どうやったらこんなガードレールにぶつけるんだろう、というようなガードレールにである。

ハッと気がつくと、ぶつかっていた。

また、このころ町田は、パジャマ姿のままフラフラした足取りで道路を歩いていたこともあった。

後ろから老母が、町田を追いかけて来た。

「危ない！　和行！　車に轢《ひ》かれたら、どうするの」

町田は、腕を引っ張られ、家に連れて戻された。
三、四年前は肥っていたのに、このころはげっそりと痩《や》せてきた。
町田は、大学時代の友人に片っ端から電話をかけるようになった。

典子との新婚時代引っ越しを手伝ってくれた、大学時代の仲間の女性歯科医には、大学の同窓会の話をした。

「同窓会の会長だけどさ。やっぱりぼくが出なくてはいけないのかな。どうおもう？　そのときは、応援してくれる？」

「じゃ、がんばったら」

そのときは、やたら大学のことを心配していた。

その女性歯科医には、何度か電話をかけた。

「あのさ、おれ、いま五十すぎの女性とつきあってるんだよ」

真面目な調子でいった。

彼女は、おどろいた。

「へえ⁉　じゃ、わたしにも、チャンスがあるのかしら」

女性歯科医との次の電話では、町田は、話している途中で、突然黙ってしまった。

「ねぇ、町田ちゃん、どうしたの？　なにか、いいなさいよ」

結局、三分ほど沈黙がつづいた。

その女性歯科医は、そのまま電話を切った。

また十日して、町田は彼女に電話を入れた。

彼女は、訊いた。

「こないだは、どうしたのよ。突然黙ったまま」

「あっ、ちょっと、眠ってしまったんだ」

そして、また黙ってしまった。

彼女が何度も呼びかけ、町田は、ようやく言葉を発した。

「やっぱり同窓会の会長は、ぼくがやんなくちゃいけないかな……」

五月十日、冴子の長女藤子夫婦の住む新居が、やっと決まった。

あわただしく家具を選んだ。

結婚式の着物が、まだ決まっていなかった。家具は選んだだけで、新居に運び入れるのは、結婚式後にすることにした。

新居の鍵を持っていたので、冴子が運送屋に指示して運び込もうとすれば出来た。

しかし、当人たちの留守の間に荷物を運ぶのはやめた。母娘の相談の結果だった。

五月十一日、貞雄の仕事が休みの日、長野県から、冴子の母親と姉が上京してきた。

彼女たちは、藤子の結婚式出席のため、早めに上京してきた。

家での冴子は、夫の眼にはとくに変わった様子には見えなかった。

貞雄は、かならず家で食事をするようにしていた。

冴子も、かならず食事のしたくをきちんとした。家事をしない冴子を見たことはない。

五月十六日、冴子は、新宿で買物をしている。藤子の結婚式で着る着物の小物類のようなものだった。

その夜は、貞雄は、冴子とゆっくり食事をした。

冴子は、しみじみといった。

「いよいよ、明日ね」

結婚式当日、貞雄は、自分の車に、自分の母親、冴子の母親、冴子の姉を乗せ、「椿山荘」の式場まで送った。

弟の車に、冴子、長女の藤子、富塚の父親、次女の桃子、長男の徹が乗って式場に行った。

結婚披露宴で、夫の眼には、冴子は、緊張しながらも、楽しそうだった。

貞雄は、終始、冴子の隣りにいた。

式が終わって、家に帰ったのは、夕方の七時ころだった。藤子夫婦をのぞいて、全員が帰った。

　冴子はいった。

「ああ疲れた……」

　冴子は、貞雄にいった。

「六月には、デパートで家具のバーゲンがあるから、あの子たちのために、茶ダンスとか買ってきますわ」

　その夜、冴子は、花婿山田の母親とも電話で話した。

「六月になったら、ふたりで新居に行きましょう」

　長野県の冴子の母親と姉は、五月二十二日まで富塚家に滞在した。

　五月二十二日、ふたりが長野県に帰る当日、貞雄と冴子のふたりで見送った。

　冴子の母が、冴子に約束した。

「また、夏のお盆のころ、行くから」

　五月二十五日、藤子夫婦が、新婚旅行から帰ってきた。

　二十七日に、夫婦ふたりで富塚家にやってきた。

　貞雄と、冴子に、お土産《みやげ》を買ってきた。

　冴子は「ありがとう」とうれしそうに礼をいった。

　藤子夫婦は、冴子がつくった手料理でいっしょに食事をした。

冴子は、五月二十六日には、夫の弟ふたりに、徹の専門学校進学の入学祝いのお返しのための品物を買った。新宿の京王デパートで買ったクローバーの包装紙に包んだお菓子ふたつであった。

五月二十九日の金曜日、貞雄は仕事が休みだった。

朝、冴子がいった。

「炊飯器の調子が悪いの……」

そこで、貞雄と冴子は、いっしょに買物に行った。

途中、近所の園芸店で、水苔《みずごけ》を買った。冴子が欲しがっていたものである。

家で育てて観賞しているサボテン系の花のために必要だった。サボテン系の花は、咲き終わったあと、水苔の上に置いておくと、また根が出るのだ。

水苔を買ったあと、電気店に行った。

店にある炊飯器をいろいろ見た。

買おうと決めていた品種は、なかった。

そこで、同じ機能を持っている別メーカーのものを見てみた。

しかし、値段が高いのでやめた。

「また、今度買うわ」

店で買ったのは、生活用品だった。

その後、冴子はひとりで荻窪《おぎくぼ》駅近くにあるスーパーに買物に行った。

貞雄は、ついては行かなかった。

冴子は、台所で使うステンレス製の笊《ざる》のような網を買った。藤子夫婦の台所のために買ったのだった。

冴子の様子は、夫の眼にはふだんとまったく変わらないように映った。

このころに限ったことではないが、貞雄と冴子は、月に数回、ふたりで車に乗って、遠くまで買物に行った。

土、日、祝日は、冴子が仕事に出かけていていないので、ウィークデイに、貞雄が休みの日を利用して行くのだった。

五月三十日土曜日、藤子夫婦が、富塚家にやってきた。友だちの結婚式があるので、結婚式に着ていく洋服を取りに来たのである。

貞雄は、荻窪駅まで車で迎えに来てほしいと藤子がいうので、藤子夫婦を荻窪駅で車に乗せ、自宅まで乗せて帰った。

その夜は、結婚式や新婚旅行のビデオをみんなで観賞しようという目的があった。

夜七時半から八時半にかけて食事をした。その後、ビデオ観賞会となった。

貞雄は、眠くなってきたので、十時半ころ寝た。

みんなは、深夜までにぎやかに談笑した。冴子もいっしょになってはしゃいでいた。

藤子夫婦は、夜十二時ごろに帰った。

冴子は、彼らが帰るとき、発泡スチロールの深い容《い》れ物に、家で使えるようなものをぎっしり詰めて持たせた。

「また今度来るときに、持ってらっしゃい」

藤子は、約束した。

「六月一週目の土、日にまた来るから」

「美味《おい》しいものつくって、待ってるわ」

「六月一日に、家に電話がつくから、一日に電話する」

長女の藤子と冴子は、このときが最後の別れとなってしまった。

五月三十一日日曜日午前十時すぎ、貞雄は、用事のある両親を車で送っていった。

午前十一時十五分ころ、家に帰った。

冴子が、京王プラザホテルの結婚式の介添人の仕事に出かけるしたくをしていた。

「出かけるのか」

「ええ、今日は遅番なの」

「じゃ、中野まで送ってってやるよ」

貞雄は、十一時四十五分ころ、冴子を中央線中野駅まで送っていった。

遅番は、午後二時からであった。

じっさいは、冴子はこの日は勤務に行ってなかったわけだが、ふだんどおりの様子だったので、貞雄はなんの疑いをいだくこともなかった。

冴子は、とくに帰る時間は口にしなかった。

「ブリの照焼をつくってあるので、先に食べていて」

そういって冴子は、車を降り、中野駅改札口に向かった。

そのとき、貞雄の記憶では、冴子は、手にバッグと黒のビニール製手提げ袋を持っていたようだった。あまり、たくさんの手荷物を持っていなかったと思うが、はっきりとどんなものを持っていたか、どうしても思い出せない。どのくらいの量の荷物を持っていたか記憶が薄いので、仕事に行くにしては、荷物が多すぎるかどうかなど、考えてもいなかったことになる。

それが、富塚貞雄と冴子との最後となった。

9

冴子は、町田と新宿で待ち合わせ、町田の愛車キャデラックで、ホテルオークラに向かった。

途中、冴子が車の中から何度も後ろを振り返った。

町田は訊いた。

「どうしたの」

「また尾《っ》けているわ」

それまでも、尾行されている、と冴子から何度か聞いていた。

いつも同じ人間だな、と町田は思っていた。可能性があるとしたら、冴子の夫富塚貞雄の弟ではないか、といぶかっていた。

町田は、冴子をなだめた。

「気にすることはないよ」

町田は、港区虎ノ門のホテルオークラに着くと、宴会棟の方の駐車場へ車を入れた。ホテルオークラにチェックインした。午後一時であった。

668号室。一泊四万一千円の高級なダブルベッドの部屋であった。

町田が五月三十日に買っていたナイフは、車の中に置いたままだった。

町田は、刺しちがえる、という冴子の言葉を恐れていた。出来ることなら回避したいと思っていた。自分がナイフを持っていなければ、彼女を説得出来るだろうとおもっていた。おもいとどまるものなら、おもいとどまらせてみよう、と思っていた。それでも、どうしても刺しちがえる、といったら、そのときに初めて車の中に置いてあるナイフを取りに行こうとおもっていた。

冴子は、買物袋のなかに、一パック三個入りのコロッケ二パックを入れていた。いつも買っている新宿の小田急デパートの地下食料品売場のものだった。

夫は、朝はパン党である。とくにパンにコロッケをはさんだのが大好物だ。子供たちも同じだった。六個のコロッケは、六月一日朝の食事のために買ったものであった。

その他、フライ用の鱚《きす》の開きや鯵《あじ》の開き、刺身の盛り合わせも買っていた。

京王プラザホテルの結婚式介添人の仕事の契約更改の書類も入れておいた。

平成十年五月十六日から三カ月間で、時給九百五十円。冴子本人が手書きしたものであった。

冴子は、部屋にとじこもるなり、町田にしがみついた。

「会いたかった……」

町田の唇に唇を重ね、濡れた舌を自分の方から突き入れた。

町田も、冴子の舌をむさぼるように吸った。

立ったまま、舌を吸いあった。

舌を吸いあいながら、ベッドまで歩き、ベッドの上に崩れた。

「和行、早くぅ……」

ひと風呂浴びる時間すらもったいなかった。一分一秒でも早く入れ合いたかった。

町田は、冴子のスカートをめくった。

パンティストッキングを脱がせた。
パンティに手をかけた。
舌は妖しく吸いあったままである。
パンティを脱がせた。
町田は、冴子の薄い毛におおわれた花弁に右の人差指と中指をしのびこませた。
とろとろの蜜があふれ出ている。
町田は、二本の指をより深くしのびこませ、妖しくかきまわしはじめた。
町田が舌を吸っているので、冴子のうっとりする声は出ない。
冴子は、町田のジッパーに手をかけ、もどかしそうに下ろした。
ブリーフをまさぐり、町田のペニスを剝き出した。
たくましく勃《た》っているペニスを、うっとりとにぎりしめる。
ブリーフを脱がすのが待ちきれないように、町田の上にまたがった。
舌は、なお吸いあったままである。
冴子は、右手でペニスをにぎりしめたまま、町田のブリーフを脱がし、尻を下ろした。
自分でも恥ずかしいほど濡れた花弁に雁首《かりくび》がしのびこんだ。
冴子は、町田の口から舌を抜き、声をあげた。

「あぁ……」

ゆっくりと腰を下ろした。たくましいペニスが奥深くまで突き刺さる。

冴子は、うっとりと尻を右にまわした。

内側の壁がえぐられるようだ。

「和行……」

「冴子……」

町田は、冴子が尻を右にまわすと、逆に腰を左にまわした。

「あぁぁ……」

「おぅぅ……」

おたがいによろこびの声をあげあう。

冴子は、狂おしいほど尻をまわしつづける。

町田も、腰を使いつづける。

冴子のあふれはいっそう激しく、町田のふとももにまでしたたる。

腰を狂おしく使いつづけるたびに、淫靡な音が響く。

「あぁ……」

「おぉ……」

そのうち、おたがいにのぼりつめそうになった。

「冴子、いく……」

「和行……わたしも……」

おたがいに腰を使いに使いエクスタシーに達した。

町田は、すさまじくほとばしった。

冴子は、町田の首にまわした両手に力をこめ、かすれた声でいった。

「このまま、永遠に時間が止まればいいわね……」

ふたりは、それからいっしょに風呂に入った。

風呂から上がり、今度は全裸でシックスナインのスタイルをとり、ペニスと花弁を口にふくみむさぼりあった。

おたがいに相手をよろこばせあったあと、また抱きあい、エクスタシーを味わった。

狂おしく抱きあった後は、いつもなら、どんなに深夜になってもその日のうちに帰宅する。彼女の夫が待っているためだ。

冴子は、この日も、備え付けの目覚ましをセットした。

「十二時にしとくわね」

いつも深夜十二時くらいに帰りじたくをするからだった。

彼女は、ホテルの部屋に備えつけの冷蔵庫から、ワインのハーフボトル一本を取り出し、飲みほした。

「六十歳になったら、いっしょに暮らしましょう……」

冴子が、町田にいった。

冴子は、ハーフボトル一本を飲みほしたのに、それでも足りずに、ウィスキーのクォーターボトルを一本飲んだ。

ジンのミニボトルも、二本あけた。

町田は、ビールを一口か二口飲んだだけである。

その後、冴子は、疲れはてて寝入ってしまった。

町田も、ついうとうとと寝入ってしまった。

町田は、そのうち、目覚ましのアラームに驚き、ハッとして飛び起きた。

目覚しのアラームが鳴りつづけている。

時計の針を見ると、午前三時半を指していた。深夜の十二時のアラームの音に気づかないほどぐっすりと寝入っていたのだった。アラームは、なんと、三時間半も鳴りつづけていたわけである。

町田は、さすがに彼女の亭主のことを考えた。

気が気ではなかった。これまで、ホテルオークラで抱きあっても、泊まったことはなかった。遅くとも深夜の二時にはかならず帰っていた。

彼女を、ゆり起こした。

「おい。冴子！」

が、疲れと酔いに寝入っている冴子は、起きる気配がない。

しかたなく、その夜は部屋に泊まることにした。

10

いっぽう冴子の夫の富塚貞雄は、六月一日午前六時半、いつもどおり自宅二階の寝室で眼を覚ました。

すぐ下に降りていった。

母親が起きて、自分たちが起居している離れからこちらの台所にわざわざ来ていた。

富塚は訊いた。

「どうしたの？」

「冴子さんから、六時ころ電話があってね、『脳梗塞《のうこうそく》で倒れた友だちの付き添いで、東京女子医大病院に行ってたんです。その友だちの親戚が来るのが遅くなったんで、ずっとそばにいてあげたから』って」

「あっ、そう」

富塚は、疑いを持たなかった。それまでも、遅番のときは帰宅が午後十一時近くになることは、よくあった。いつも富塚が寝るのは、十時半ころなので、帰っても寝ていて気づかないこともある。なんの疑いもなく眠りについていた。

冴子は、その一カ月前の四月二十九日と五月五日にも、同じような理由で遅くなったことがあった。

そのとき、事前になんの連絡もなく、心配になったので、寝ずに待っていた。玄関まで出て待っていたら、二時半も過ぎて帰ってきた。

やはり「友だちが脳梗塞で倒れ、自宅の方へ行っていた」といっていた。

のちに、町田の冴子殺人事件の裁判で、貞雄は弁護士に訊かれた。

「あなたに直接ではなく、離れのご両親の方の電話にかけてきたことについて、なんの疑問も持たなかったのですか」

貞雄は答えた。

「父母の起きるのがはるかに早いのと、まだわたしが起きていないとおもって、両親の方に電話したんではないかと」

「あなたの起きる六時半ころまで待って、あなたに直接電話をかけてきてもよかったのではないか、と想像しなかったのか」

「想像つきませんでした」

貞雄は、それから朝食をひとりでとった。ふだんは、冴子のしたくを待って食べる。

食事を終え、富塚が会社へ行くため家を出たのは、午前七時半、いつもどおりの時間だった。

そのころ、冴子と町田のふたりは、ホテルオークラの668号室で、ルームサービスの朝食をとっていた。

町田が、切り出した。

「次は、いつ会おうか」

いつもは、冴子の方から次に会う日どりをいいだす。

が、この日はどうしたことか、彼女はいい出さない。

六月の第一日曜には、五月十七日に結婚したばかりの長女藤子夫婦が富塚家にやってくる。それに来週は、冴子の生理期間でもある。冴子は、とまどっていた。

そこで、町田の方から、いろいろ空いている日を口にした。

町田は、早く決めて帰ろうとしたのである。

午後三時前にチェックアウトすると、メンバーだから四万一千円の部屋代が半額になる。町田は、けっこう細かいことを考えていた。

が、その日は、冴子の様子が、いつもとちがっていた。

いつまでも、ずるずると部屋にいたがった。

町田は、しかたなくホテルのフロントに電話を入れた。

「もう一泊します」

マチダ歯科医院の開業時刻の九時すぎになると、町田は、医院に電話を入れた。

助手の今村京子《いまむらきようこ》に伝えた。

「今日は、仕事を休む」

冴子は、町田の小指に白いなまめかしい指をからめてきた。

町田の小指を弄《もてあそ》んでいじりながら、責めるような調子で泣きはじめた。

突然、町田の小指を自分の唇に持っていった。

「アッ！」

町田は、思わず叫び声をあげた。

カリッという音がした。

冴子が、町田の小指をおもいきり噛んだのだ。

一瞬、痛みよりも、骨が折れたのでは……とびっくりした。

町田は、あわてて小指を見た。

骨は、折れてなかった。

が、疼痛《とうつう》が背骨を刺し貫いた。

町田は、冴子をなじろうとした。

が、冴子は、涙を流し、声をあげて泣いている。

泣きながら、今度は、町田を責めた。

何度も、町田の脇腹も噛んできた。

「わたし、わたし、わたし……」

冴子は、しばらく泣いた。

そのあと、どこからか真新しい紅《あか》の布に金の刺繍《ししゅう》を縫いこんだお守りを持ってきた。

冴子がいつも持っているこのお守りは、生まれ故郷の神社のお守りだった。お地蔵さんの御神体を信仰の対象にしている神社で、冴子の母親も信仰していた。町田がそのことを冴子から聞いたのは、もう八年も前になる。

冴子は、そのお守りを、町田のバスロープのポケットに入れた。

「これを持って、わたしを追いかけて来て。わたしも、待ってるから。いつまでも、待ってる……」

さらに冴子は、町田を安心させるように安らかな声でいった。

「お地蔵さんが、大地を杖でつく音がするから、その音を目安に、ついて来て……」

町田と冴子は、全裸になりふたたびベッドの上に横になった。

町田は、ベッドに横たわった冴子の両腕を、ホテルに備え付けの浴衣の帯で後ろ手に結んだ。

町田は、自分でも何をしているのかわからなくなっていた。錯乱していた。

ベッドの横に置いてあったバスローブの紐を、手に取った。

冴子の首に、巻きつけた。

冴子は、されるに任せている。

まったく抵抗することはない。

町田は、紐をにぎる右手と左手に力を入れ、しだいに絞めていった。

冴子は、かすれた声でいった。

「追いかけて……来て……」

町田は、渾身《こんしん》の力を込めようとして絞めにかかった。

冴子は、かすかに消え入るような声で、最後の言葉を吐いた。

「約束よ……」

町田は、紐をにぎる手に、グイと力を込めた。

冴子は、グッタリと息絶えた。

午後四時半であった。

町田は、のちの公判での弁護人訊問に、そのときの様子をこう述べている。

「(冴子は)言葉も発しなかったし、抵抗もしなかった。(死んだのを確かめて)しばらく添い寝した。これで終わったんだ……とおもった」

町田は、添い寝を終えると、彼女が「いつまでも待ってる」と最後にいったので、彼女が持っているはずのナイフが入っているバッグを探した。

町田は、前にナイフを見せられたとき、どのバッグにナイフを入れたかをおぼえていた。そこで、部屋で彼女のそのカバンを探した。

しかし、この日、冴子は、なぜかバッグは持って来ていなかった。

弁護人の「ナイフを見つけたら、どうしようと思ったのか」の質問に、町田は答えている。

「ベッドの上で、彼女の持ってきたナイフで、頸《けい》動脈を切ろうと思った」

町田は、バッグが見つからないので、どうしていいかわからなくなった。

町田は、こう証言している。

「とりあえず、彼女が生きてる間に口にしてたことで、自分がやれなかったことはやらなくては……と思った」

ファンデーションを買って欲しい、といわれていたことを思い出した。彼女がお気に入りの化粧品であった。

〈彼女のために、なにかしてあげないと悪い〉

ホテルオークラの中にある化粧品売場（ファンシーショップ）まで行こうとした。

そのときになってはじめて、パンツを穿《は》いていないことに気づいた。

パンツを探した。

しかし、パンツが見つからなかった。

そこで、裸の下半身の上にじかにズボンを穿いて部屋を出た。

手に、冴子のバッグも持って出た。

部屋では、彼女のバッグを探してもナイフはなかったが、下に降りたとき、地下一階のトイレにでも入り、落ち着いて探してみよう、と思った。

ファンシーショップに行って、まず自分のパンツを買った。

その店で、彼女のお気に入りのファンデーションを買った。

ついでに、頭痛薬を買った。

口臭予防の薬であるパンシロンのフラボノが眼に入った。

フラボノは、新しく出たばかりの薬だった。冴子が気に入っていて、よく買っていた。どこにでも売っているようなものではなかった。

冴子は、京王プラザホテルで結婚式の介添人のアルバイトをしていた。花嫁に顔を接して話す仕事だ。相手を口臭で悩ますことのないよう口臭消しがほしいと思っていたら、ちょうどいいのがあった。それがフラボノであった。

町田に、買っておいてほしいと頼んでいた。町田は、その約束を忘れていた。それがたまたまオークラのファンシーショップにあったのだ。冴子への約束を果たそうと思って買った。

そのあと、地下一階の男子トイレの個室に入った。冴子のバッグを開け、あらためてナイフを探した。

やはり、ない。

町田は、ふたたび部屋にもどった。

町田は、酒を飲んだ。

町田は、その後の公判で、冴子を殺害後、酒を飲んだことについて、こう語っている。

「ナイフがない、下に降りてバッグを探してもない。そして、もどってきた。冴子の顔を見て、エネルギーをもらおう、酒の力を借りようと思って飲みました」

11

町田は、その後、しばらくして、頭痛薬を飲んだ。

午後五時前、町田は、神戸《こうべ》に住む学生時代の友人に電話を入れた。

いきなり母親に電話をして、どこまで打ち明けられるかわからない。

とりあえず、最後の状況を神戸の友人に伝えておけば、母親の相談に乗ってもらえるだろう。そう考えてのことであった。

町田は打ち明けた。

「例の女性を、殺してしまった。こんな事になるなんて……」

そういってえんえんと泣きじゃくった。

神戸の友人は、漠然と打ち明けられていたので、冴子の存在を知っていた。

町田は、さんざん泣いた後、突然いった。

「同窓会のことだけど、なんとかしよう……」

気が動転していて、何が何だかわからなくなっていた。

午後五時十分ころ、町田は、マチダ歯科医院の母親に電話を入れた。

「女性を、殺してしまった……」

「どこにいるの」

「ホテルオークラ……」

町田は、それ以上いわないで、電話を切った。

おどろいた母親は、すぐにホテルに電話を入れた。

「うちの息子が人を殺したといってきたんです。様子が、かなりおかしい。後追い自殺をするかもしれない。すぐに、見に行ってください！」

ホテルマンが確認すると、確かに宿泊者名簿に町田和行の名前はあった。

そこで、フロント係、総務部員、ベルボーイの三人が、急いで六階の部屋に向かった。

部屋には「就寝中」の札がかかっている。

ブザーを押しつづけた。

しかし、返事がない。

スペアキーで、恐る恐るドアを開けた。

そこには、ダブルベッドの上に仰向《あおむ》けになっている女性の姿があった。

上半身はあらわになり、下半身だけシーツがかけられてある。

顔を枕でおおい、首にタオル地のバスローブの腰紐が巻きつけられていた。

すでに息絶えていた。

赤坂《あかさか》警察署に、死体発見の第一報が入ったのは、午後五時半すぎだった。

赤坂署員がその直後、ホテルオークラに駆けつけた。

六階の廊下を夢遊病者のような足取りでフラフラと歩いていた町田が発見された。

町田は、あっさり殺人を認めた。

午後六時十分、町田は、赤坂署員により緊急逮捕された。

冴子の夫の富塚貞雄は、六月一日の夕方六時ころ、帰宅した。これもふだんどおりであった。

まだ冴子が帰宅していないとわかり、心配でならなかった。

八時ころ、次女の桃子が冴子の勤務先の京王プラザホテルに電話をした。

「母が帰ってこないのですが、なにかあったのですか」

勤務先に、友だちの急病の付き添いで帰りが遅くなると連絡があったことを告げると、そんなことは知らないようだった。

それに、冴子は、前日の三十一日には、勤務についていないこともわかった。

冴子は、朝の母親への電話では、仕事に行かなかったことを、なにもいっていなかった。

富塚が妻が殺されたことを知ったのは、六月一日の午後九時三十分ころであった。

次女の桃子が電話をとった。赤坂警察署からだった。貞雄に代わった。

「赤坂警察署の者です。富塚冴子さんの御主人ですか」

「はい」

「落ち着いて、聞いてください。じつは、奥さんが殺されました」

「えっ⁉」

貞雄は、愕然《がくぜん》とした。

しばらく、声が出なかった。

〈まさか……〉

すぐ赤坂警察署に身元確認に出向いた。

富塚貞雄、長男の徹、貞雄の父親が向かった。

車は、徹が運転した。

貞雄は、車の中で、自分にいいきかせた。

〈信じられない。まちがいであってほしい……〉

警察で、妻の冴子の遺体と対面した。

鼻から出血していた。あまりにも苦しそうな顔だった。

「おい！　どうしたんだ！　なにがあったんだ、おいッ！　なにか、しゃべってくれ！」

そのときはじめて、冴子が死んだことが事実なんだと確認した。

事件後、発見されたものの中に、冴子手書きのメモがあった。

六月六日と七日の両日には、ちゃんと京王プラザホテルでの介添えの仕事に行く予定になっていた。

富士銀行の封筒に入った現金四十万円もあった。

貞雄は、それほどの現金を冴子が持っていた理由について心当たりがない。

赤いお守りもあった。

貞雄は、前にその赤いお守りを見たことはある。冴子の母親が、毎年ではないが、どこかの土地に由来するそれなりの所に御参りに行ってもらってくるお守りらしいとは聞いていた。詳細は知らない。

冴子は、五月三十一日の朝、出かける前に洗濯をしていた形跡があった。洗濯途中の物の中には、冴子の下着までそのままにしてあった。

彼女は、途中で洗濯を止める女性ではない。おそらく、すぐに帰ってまた洗濯しようと思っていたにちがいない。

長女の藤子は、結婚前、母親の冴子に頼んでいた。

「お母さん、子供が出来たら、めんどう見てね」

そのときも、冴子は、快《こころよ》く受け答えていた。

「いいわよ」

さらに、次女の桃子や長男の徹が、まだ結婚前だということも冴子の心配の種だった。

とくに、桃子にはつきあっている男性もいたので、冴子は、口を酸っぱくして訊《たず》ねていた。

「あなた、結婚はどうするの」

そのように、冴子にとってやらなければならない、と決めていたことはたくさんあった。

それに、貞雄自身も、冴子のことを家を支える大黒柱の自分と並んで、もうひとつの柱として信頼していた。

だから、冴子は、家の一切合切をマメにこなしていた。貞雄はまかせっきりにしていた。まったく心配はしていなかった。貞雄にとって、ごくごくふつうの主婦であり、母であった。

藤子も桃子も徹も、自分たちの母親が、自分の意志で死を選ぶことなど、絶対にありえない、といいつづけている。

葬儀は、事件が事件だけに、富塚家ではなく、六月五日に杉並区の堀之内《ほりのうち》斎場でひっそりと人目を避けるようにおこなわれた。

葬儀の出席者には、冴子の死因は、いっさい伏せられた。新聞には冴子を殺した町田の名こそ出ていたが、冴子の名は伏せられていた。

夫の富塚貞雄の会社の同僚も、交通事故かなにかだろうと推測するほかなかった。だれも遺族に訊ねるような雰囲気ではなかった。

新婚の長女は、母親の遺影を持ち、泣きじゃくっていた。

夫の貞雄は、涙も流さず、じっとうつむきつづけていた……。

大学生ジゴロ殺人事件

1

古井俊介《ふるいしゅんすけ》が草野麗子《くさのれいこ》に声をかけたのは、平成八年の暮れであった。

華族が創設し、皇室の人たちも通う名門大学の学生でありながら、スカウトマンのアルバイトをしていた古井が、渋谷《しぶや》のファッションビル「109」の前をぶらぶらしていた麗子をスカウトにかかったのである。

「きみ、華《はな》やかで目立つねぇ。こうして雑踏のなかを歩いていても、すぐに眼につくよ」

麗子は、茶髪でダブダブのスーツに身を包んでいる古井の顔を見た。

人なつっこい笑顔をしている。

端整《たんせい》な二枚目というタイプではないが、甘いマスクをしている。

背も、一八〇センチを超えていて、スラッと痩《や》せている。麗子の好みであった。

麗子はおもった。

〈この子、わたしより年下ね……〉

麗子は年下好みで、年下の男の子を見ると放っておけなくてかわいがってあげたくなる。

「わたしに、なにをしろっていうの」

「じつは、こういうクラブのスカウトをやっているんだ」

古井は、名刺を差し出した。六本木《ろっぽんぎ》のキャバクラ「ラブラブ」とある。

麗子は、キャバクラにこだわりはなかった。古井にいった。

「あなた、こんな店のスカウトにしてはすれてなく、どことなくうぶな感じが残っているわね」

「じつは……」

古井は、学校の名を名乗った。

「え⁉　あの名門校……」

「そうさ」

麗子には、信じられなかった。

「あんな名門校の学生が、こんなアルバイトするはずないわ」

古井は、背広の内ポケットから大学の学生証を取り出して見せた。

まちがいない。写真と同一人物だ。

麗子は、興味を抱いた。

古井は、麗子を誘った。

「ちょっと、飲もうか」

「ええ」

ふたりは、まるで恋人同士のようによりそって近くのパブに入った。

ふたりは、すっかり意気投合してしまった。

「どうして、こんなアルバイトをはじめたの」

古井は、バーボンウィスキーのブッカーズのオンザロックを飲み、苦笑いした。

「名門大学といっても、おれの場合、金持ちのボンボンというわけじゃないんだ。おやじは、江東区《こうとう》で、クリーニングの代理店をやっている」

「何年生まれ」

「昭和五十一年」

麗子の思っていたとおり、四歳年下であった。

「大学では、何を専攻してるの」

「哲学を専攻してる」

「あなた、むつかしい勉強してるのね」

「なーに、哲学なんて、ほとんどわかってやしない。準硬式野球部のレギュラーの外野手として活躍している」

「かっこいいわね」

「授業にあまり出ることはないが、出るときは、野球のユニフォーム姿のまま出席するんだ。試験の前には友人からノートを借りて、一夜漬けで勉強さ。それでいて、貸した学生より借りたおれのほうが、成績がいい」

古井は、あどけない顔になって笑った。

「大学一年生のときには、取得した単位の八割が優という要領のよさだ」

「野球部って、硬派でしょう。どうして、このアルバイトを」

古井は、打ち明けた。

同級生に、髪を茶色に染め、イタリアンカジュアルスーツに身を包んだ一団がいた。とても同じ大学の学生には見えない。

古井は、なんとなく興味をおぼえ、彼らに声をかけてみた。

話を聞いてみると、キャバクラのスカウトマンやホストのアルバイトをしているという。

そのなかのひとりが、古井を誘った。

「きみは身長も高いし、マスクもいい。ホストに向いてるんじゃないか」

「どれくらいの金になる」

「それは、きみしだいだよ。貢《みつ》いでくれる女ができれば、アルバイト料なんか目じゃないくらい稼げるぜ」

古井は、ホストをしている仲間の紹介で、新宿のホストクラブでホストのアルバイトをはじめた。

ホストのアルバイトをしているうち、尊敬する人物ができた。

ホスト仲間に訊《き》いた。

「あのひと、すごいよな。車はベンツ、スーツはヴェルサーチ。あのひとも、ホストか」

「いや。スカウトマンだ。キャバクラじゃなくて、高級クラブのスカウトをやっている。服も車も女から貢いでもらっている。噂《うわさ》では、月に二百万も貢がせてるらしいぜ」

「ジゴロか。いいなぁ……」

古井は、ホストのアルバイトを一年つづけたあと、ホスト仲間に相談した。

「スカウトの仕事をしたいんだけど、いい店知らないかな」

「六本木のキャバクラなら知ってるよ。紹介しようか」

「頼むよ」

古井は、六本木にあるキャバクラ「ラブラブ」を紹介された。

店長は、快諾した。

「いいだろう。きみはひとあたりもよさそうだ。そこそこのスカウトはできるだろう。時給は千円。タイムカードを押してもらう。渋谷、六本木、新宿で、女の子をスカウトしてくれ。ひとり連れてくると、女の子のレベルに合わせて、一万円から二万円払う。女の子の試用期間中は、その子の時給の三割はきみに入る。がんばってくれ」

古井は、店長の予想をはるかに上回る名スカウトマン振りを発揮した。

主に、渋谷でスカウトした。

古井は、女の子をスカウトした後のフォローもかかさなかった。

女の子が出勤する初日、古井は渋谷の駅まで迎えに行く。

ラストの深夜二時まで待ち、勤めを終えた女の子に感想を訊く。

「どうだった。つづけていけそうかい」

二日目も、ラストの時間に迎えに行く。

「嫌なお客さんはいなかったか。もし嫌なお客さんがいたら、おれにいってくれ」

親身になって、あれこれと世話を焼く古井は、女の子たちから評判がよかった。

すぐにスカウトのコツをおぼえた古井は、ホストを辞め、スカウトに専念することになった。

並のスカウトが月に五人の女の子をスカウトするとしたら、古井はその倍の十人の女の子をスカウトした。

週に四日のアルバイトだが、時給と報酬を合わせて月に三十万円稼いでいる。二カ月で、学生アルバイトのスカウトマン十人の中で一番の戦力となった。

古井は、ブッカーズのオンザロックを飲み、麗子にいった。

「おれにばかりしゃべらせないで、きみも、自分のことについて話せよ」

「わたし、昭和四十七年三月二日、山梨県富士吉田《ふじよしだ》市に生まれたの。あなたより、四歳お姉さんよ」

麗子はマルガリータに口をつけ、ついしんみりした口調になった。

「小学校に入ったときには、両親は別居状態だったの。母は、富士吉田市内で小さなスナックを営《いとな》んでいたの。母と内縁の夫、姉の四人で暮らしたの」

「子供のころの渾名《あだな》は、なんだった」

「小学生のときに、はいていたブルマの脇から毛が出ていたの。〝ケバちゃん〟という渾名がついたわ」

「ケバちゃん⁉　ワッハハハ」

「そんなに、笑わないでよ」

「きみのようなタイプは、早熟だったろう」

「中学生のときから早熟で、ジャンケンで負けたらオッパイを見せるゲームでは、負けると恥ずかしげもなくオッパイを見せてたわ」

「おいおい、先天性露出症じゃねえのか」

「地元の高校を卒業後、美容専門学校に入学したの。このころ、街のチンピラとつきあい出したわ。スポーツカーのフェアレディZを転《ころ》がしながら、高校の同級生に自慢したわ。『この車、彼からもらったのよ』って」

「そのころの夢は」

「小さな美容院をもって、結婚したかった。わたし、結婚願望が強く、男に入れこむタイプなの」

「へーえ、きみに深入りすると、あとで恐ろしい目にあいそうだな」

「美容専門学校を卒業後、東京の美容院で働いたわ。間もなく、富士吉田市に帰ったの。市内の美容院で働いたり、パチンコ屋の店員をしたり、職を転々とした。それで今度、また東京へ出てきたばかりで、ここを歩いていたの」

「おれたちは、出会うべくして出会った。運命的な出会いというわけだ」

「ふふ……そうね。わたし、うれしいわ」

2

古井俊介は、それからタクシーで六本木のキャバクラ「ラブラブ」に行き、草野麗子を店長に会わせた。

店長は、その場でいった。

「明日から来てくれ」

麗子は、店から出ると、古井に相談した。

「住む部屋は、どうしようかしら。友達のところにいるんだけど、いつまでもというわけにはいかないし……」

古井は、問題ないとばかりに請けあった。

「うちに来ればいいじゃないか」

古井は、麗子を実家の団地に住むように誘った。

麗子は、古井の実家に行ってみておどろいた。

〈名門校の学生といっても、ピンからキリまでいるんだ〉

2DKの狭い団地で、しかも古井の両親もいる。窮屈な思いをしながらも、それでも麗子は古井といっしょにいることができると、我慢することにした。

麗子は、風呂に入り、古井の母親の寝巻きを借りて布団《ふとん》に入った。

ふた部屋しかないので、古井といっしょの布団に寝た。

古井の舌が、麗子の口にしのびこんできた。

クネクネとくねる。

麗子は、古井の舌を吸いこんだ。

妖《あや》しく妖しく吸いこんだ。

そのうち、古井も麗子の舌を吸いこみはじめた。

優しく吸いこむ。

麗子は、うっとりとする。

強く吸いこむ。

気が遠くなりそうなほど気持ちがいい。

強く、優しく、強弱をつけて吸ってくれる。

頭がクラクラしてくる。

古井は舌を吸いながら、手は寝巻きの胸をたくしあげ、八五センチの乳房をもみしだきはじめた。

あまりの気持ちよさについ声をあげそうになったが、舌を吸われつづけているので声は出せない。

乳房のもみ方は、なんとも上手だ。よほどあそび馴れているようだ。

やがて、指が麗子のパンティのなかにしのびこんできた。やわらかめの毛を優しく撫《な》でまわしている。

人差指が花弁をみつけ、弄《いら》いはじめた。麗子は、自分でも恥ずかしいほど濡《ぬ》れている。古井の指は深く浅く抜き挿《さ》しをくり返している。

やがてクリットが、撫であげられはじめた。

たまらない。

古井は、クリットを撫であげ撫であげしながら、麗子の舌をクリットを撫でるのに合わせてなめあげはじめた。

舌も、まるでクリットになったようだ。

〈あぁ……〉

麗子は、声にこそ出さないが、心の中でうっとりと叫んでいた。

妖しく撫であげられる。クリットと舌、狂いそうなほど、よくなってくる。とろとろに溶《と》けてしまいそうなほどだ。

〈あぁ……いきそう。いきそうになってきたわ〉

クリットが、自分でも恥ずかしいほど勃《た》ってきた。

撫であげ撫であげされ、ぷりぷりとして熱を持ってくるように感じられる。

〈あぁ……駄目、いくうッ！〉

麗子は、体をのけぞらせ、クリットをいかせてしまった。

古井は、ささやいた。

「これ以上やると声がおふくろさんたちに聞こえる。明日、ホテルでたっぷり抱きあおう」

年が明けた平成九年の一月半ば、麗子は古井に頼んだ。

「ねぇ、わたし、キャバクラは肌に合わないわ。前に働いたことがあるヘルスがいいの。紹介して」

「ヘルスで働いていたことがあるのか」

「ええ。さすがにそこまではいえなくて、隠していたけど……」

古井は、同じスカウト仲間で風俗専門のスカウトに相談した。

「どこか、いい店ないかな」

三日後、古井と麗子は、スカウトマンといっしょに新宿は歌舞伎《かぶき》町にある性感ヘルス「クレオパトラ」に出向いた。

面接には、スカウトマンと麗子が応じ、古井は部屋の外で待っていた。

スカウトマンが、店長に説明した。

「表で待っている彼がスカウトした子なんだけど、キャバクラは肌に合わない、ヘルスがいいということで連れてきたんだけど」

店長は、履歴書にちらりと眼をやった。

「二十二歳か、年齢は問題ない。容姿もＯＫだ。すぐにでも働いてもらおうか」

麗子は履歴書には二歳サバを読んで書いておいた。古井からのアドバイスである。

麗子は週五日、夕方から深夜零時まで勤務することになった。

源氏名は「クミ」とすることにした。

性感ヘルスの値段は、五十分コースで一万五千円。

風俗ズレしていなく、キャバクラにいてもおかしくない麗子にはたちまち指名客がついた。

風俗誌にも、写真入りで紹介された。

「二十二歳。身長一六五センチ。B八五W五八H八六。血液型B型。射手座。趣味は、パチンコと料理。出身地東京」

二十四歳より二歳サバを読んだ。出身地も、東京と嘘をついた。

麗子は、客あしらいがうまかった。甘ったるい声で客に甘えた。

指名してくれた客には、蛇の舌のように細く濡れた舌で、念入りに全身を愛撫し、おいしそうにフェラチオをした。

手や舌を使っての前立腺マッサージがうまかった。

客の耳元で、ささやいた。

「今度リピートしてくれたら、本当は本番禁止なんだけど、本番してもいいわよ」

売れっ子になった麗子は、一日で最低手取り六万円を稼ぐようになった。

麗子は、「クレオパトラ」で働きはじめて二週間した平成九年一月の終わり、店長にふともらした。

「彼の実家にいるんですけど、狭い団地で、彼の両親もいる。窮屈でいやなんですよね」

「なんだ、早くいってくれればよかったのに。うちの借り上げの寮がある。よかったら、そこに入らないか」

麗子の顔が、かがやいた。

「いいですか」

寮は、新宿・歌舞伎町から職安《しょくあん》通りをはさんだ百人町《ひゃくにんちょう》にあった。まわりはラブホテルだらけである。オートロック式のワンルームマンションであった。

麗子がそのワンルームマンションに住みはじめて間もなく、古井が転がりこんできた。

彼との同棲生活が始まった。

世話好きの麗子は、食事はもちろん生活費までめんどうをみた。

麗子は、たちまち店の十指に入る売れっ子になった。

指名客が多く、多い月には二百五十万円も稼いでいた。

ジゴロ気どりの古井は、ブランド品を丸井《まるい》のカードで買いあさった。

スーツや靴は「コム・サ・デ・モード」で固めた。

ライターや装飾品はデュポンやカルティエ。もっとも、古井は煙草《たばこ》や酒はつきあい程度で、特別に好きというわけではなかった。ライターは装飾品のひとつである。

カードの支払いができなくなると、麗子に泣きついた。

またなの……という表情を見せる麗子に、古井は弁解がましくいった。

「就職活動で、リクルートスーツがいるんだよ。内定をもらうには、印象がよくなくちゃ駄目なんだ」

麗子は、友人や店の同僚に借金してまで古井の支払いを肩代わりした。

リクルートスーツも、コム・サ・デ・モードで決めた。

麗子は、古井を連れて富士吉田市の実家に帰った。実家で彼といっしょに泊まった。

麗子は古井と同棲していることを打ち明けた。

両親は、「もう大人なんだから……」と心配もしていなかった。

母親は、麗子にいった。

「なかなか感じのいい青年じゃない」

3

四月に入り、古井俊介はスカウトのアルバイトをしているキャバクラ「ラブラブ」の店長に申し出た。

「しばらくリクルート活動するので、スカウトは辞めます」

店長は、古井に眼をやった。

古井は長めだった髪の毛を短く切り、スーツもリクルートスーツを着ていた。

店長は、慰留した。

「就職なんかしなくても、きみならプロのスカウトマンでやっていけるよ」

古井は、苦笑いした。

「いえ、就職します。それに卒論もきちんとしなきゃいけないし。日米野球の文化論を書こうと思ってるんです。そのために、ゼミも美術史から思想史のほうに移ったんです」

古井は、大学では、準硬式野球部のレギュラーをしていた。そのため、卒論に日米野球の文化論を書くことにしたのである。

店長は、残念そうにいった。

「名門校だもんな、しかたないか。どうだ、内定が決まったら、卒業までまたスカウトをやってくれないか」

古井は、頭を下げた。

「そのときには、またお世話になります」

六月に入り、古井と草野麗子の関係が悪くなっていく。

古井はジゴロ気どりで、横暴になった。

気にくわないことがあると、麗子に暴力をふるうようになったのだ。

この夜も真夜中の四時だというのに、古井の携帯電話が鳴った。寝ていたふたりは、その音で起こされた。

麗子は、仕事で疲れきっているのに起こされ、不機嫌になった。

しかも、電話をかけてきたのは、話の様子から、古井がスカウトのアルバイトをしているキャバクラ「ラブラブ」で働く女の子のようである。

麗子は、泣きわめいて抗議した。

「どういうことなのよ！　こんな時間にまで電話がかかってくるなんて、おかしいじゃない！」

麗子は、壁を叩き、床をドンドンと踏みならしながら大声で泣いた。

古井は、怒声をあげた。

「てめえ！　ふざけるな！　スカウトした子から相談を受けてるだけだ。いちいち、文句いうんじゃねえよ！　男の仕事に、口をはさむな」

怒鳴りあいの喧嘩《けんか》の後、古井は、猫撫《ねこな》で声で麗子に迫った。

「麗子……」

古井は、麗子の淡い紫色のネグリジェをまくりあげた。

やはり紫色のパンティに手をかけ、強引に脱がせにかかった。

「いやッ！　わたし、怒っているのよ」

怒ったら、麗子は暴れはじめる。麗子をなだめるには、抱いてよろこばせ、怒りを忘れさせるしか手はなかった。

古井は、麗子のパンティを、脱がせた。

「いやよ、その手にのるものか！」

麗子はなまめかしい両脚を、いっそうバタバタさせはじめる。

古井は、両足首をつかまえ、尻が浮きあがるように、前に押し倒した。

赤ん坊のオムツを替えるときのようなスタイルになった。

むっちりした尻が、目の前にさらされている。

尻の谷間に、花弁が燃えている。

花弁のまわりの毛は、すっかり剃《そ》られている。まるで少女のようにつるつるだ。性感ヘルスの客をよろこばせるために剃っているという。古井にとっても刺激的である。

麗子は、なお両脚をバタバタさせる。

「いやよ、いやッ！」

古井は、わざと乱暴な口調になった。

「上の口でいくらいやいや、といっても、ほれ、てめえの下の口は、こんなに濡れて、おれを欲しがってるじゃねぇか」

麗子は、両脚をバタつかせながら、花弁は濡れに濡れている。

古井は、さらにいった。

「それとも、商売柄、少しでも体に触られると、こんなに濡れるのか」

「いや、そんなことといわないで！　俊介だから、濡れるの。お店では、どんなにいじくられたって、濡れないわ。俊介しか、濡れない体になってるの」

「そんなに欲しいのなら、大人しくしろ」

麗子の脚のバタつきが、終わった。

そのとたん、青筋の浮いたペニスを、花弁に突き入れた。

ヌルリと奥の奥まで突き入った。

「あぁン……」

麗子は、うっとりとした声をあげる。

古井は、ゆっくりと腰を使いはじめた。

「あぁ……俊介のこれがなくちゃ、麗子、生きていけないの」

麗子も、自分から尻を妖しく動かしはじめた。

「俊介……」

「麗子……」

古井は、両足首をもった手をまわすようにして、腰づかいを激しくしはじめた。

麗子は、泣き出しそうな声をあげる。

「あぁォ……麗子……溶けるわ。溶ける。……そうよ、そう。突きとろかせて……溶けるわ。溶ける……」

古井は、激しく突いた。

「俊介、溶けちゃうわ。ほんとうに、溶けちゃう……」

麗子は、尻を大きくくねらせもだえる。

ついにいきそうになった。

「俊介、いくわ、いく、いくぅッ！」

エクスタシーに達してしまった。

古井も、すさまじくほとばしった。

麗子は、うれしくてたまらなさそうにいった。

「俊介のほとばしりが、子宮に滝のように勢いよく当たるのよ。生きてるって実感できるの……」

「クレオパトラ」は、本番こそないが、女の子の顔面に射精する「顔面シャワー」、「口内発射」、女の子のヌードを映すポラロイド撮影など過激なプレイが売りで人気があった。

麗子は、そのうえ、嫌がる子の多い、オシッコを眼の前でしてみせる「聖水プレイ」、アナルマッサージなどのマニアサービスも、稼ぐためと割りきり、平気でこなしていた。

八月に入り、古井が夜の二時過ぎに寮に帰ってくると、憤怒《ふんぬ》の表情で麗子に迫った。

「てめえ、おれに、性病をうつしやがったな！」

麗子は、びっくりした。

「どういうことよ⁉」

古井の怒声が、つづいた。

「病院で診《み》てもらったら、淋《りん》病だといわれた。おまえがもらってきたんだろう！」

「ちがうわよ」

「うるさいッ！」

古井は、麗子を殴りつけた。

倒れこんだ麗子の脇腹、背中を蹴りつけた。

「痛ぇんだよ！　おまえのせいだ。おまえの持ってる金を、全部よこせ！」

麗子は、体をまるめて古井の暴力にたえながらいった。

「そんなことというなら、わたしも、病院で診てもらうわ」

麗子は、店で客の相手をするときは、本番は禁止されている。常連には、たまにインサートさせるが、そのときも、コンドームをさせる。淋病をもらうことはありえない。

麗子は検査に行った。

結果は、シロであった。

麗子は、俊介に、検査でなにもなかったことを告げていった。

「俊介が浮気した相手から、うつされたのよ」

それでも、古井は麗子の言葉に耳をかさなかった。

「いいかげんなことをぬかすんじゃねぇ！　おまえからうつったに、決まってる！　おまえが、責任をとれ！」

麗子をなぐりつけた。顔面もかまわずなぐりつけた。

翌日、顔に痣《あざ》をつけて出勤した麗子に、「クレオパトラ」の同僚の女の子が、心配そうに声をかけた。

「どうしたの」

「ちょっと、彼に……」

麗子は、淋病にかかり、それを自分からうつったんだと決めつけている古井に暴力をふるわれていることを告げた。

同僚は、麗子にいった。

「あなた、そんなひどい男、別れなさいよ。借金までしてめんどうみてるのに、ひどすぎるわ」

「ええ……でも……」

「なにかあったら、すぐにわたしの所にくるのよ」

「ええ。ありがとう」

この夜も、古井は麗子に暴力をふるった。

たまりかねた麗子は、寮の自分の部屋を飛び出し、同じ寮の同僚の部屋に逃《のが》れた。

翌日、麗子は店長に相談した。

説明を受けた店長は、麗子にいった。

「わかった。あの部屋はうちの寮なんだから、あの男には出て行ってもらおう」

店長が古井と会い、話した。

「大家さんからも、きみたちが夜中に喧嘩してうるさいとまわりから苦情が来て大変だ、といわれている。うちの寮なんだから、きみには出て行ってもらうよ」

が、一週間も経たないうちに、麗子は店長に寂しそうに漏《も》らした。

「こんなに寂しい思いをするんだったら、もう一度彼と……」

いつの間にか、よりをもどしていた。

麗子は古井に抱かれ、尻をゆすりながらいった。

「やはり、俊介のたくましいこれでかわいがってもらわないと、安心して眠れないの……」

同僚は、麗子を叱責した。

「あなたね、どういうことなの。別れたんじゃなかったの」

麗子は、弁解した。

「東京に来て初めて優しくしてくれたひとだから……それに、セックスの相性がすごくいいの」

4

古井俊介は、八月末、上機嫌になった。

病気が治ったこともあるが、商社につづいて希望していたアパレルメーカー「チュルリー」から内定をもらうことができたからである。

古井は、六本木のキャバクラ「ラブラブ」の店長に連絡を入れた。

「希望するアパレルメーカーから、内定をもらいました。九月から、またスカウトのアルバイトをしますよ」

「そうか、よかったな。卒業まで頼むよ」

古井は、草野麗子に相談した。

「なぁ、寮から引っ越ししたいんだ」

古井は怨《うら》みがましそうにいった。

「おれはおまえのところの店長に、一度出て行ってくれ、と、ここを追い出されてるしな」

「…………」

「本当に？」

「なあ、落ち着いたらいっしょに住むんだから、いいじゃないか」

「あたりまえだろう。おれの名義で借りる。おまえは風俗をやってるから、借りにくいだろ。おれは学生だからな」

平成九年の九月一日、古井と麗子は世田谷《せたがや》区経堂《きょうどう》にある不動産屋に契約に出向いた。

礼金、敷金の四十万円はすべて麗子が支払った。

翌日、経堂にある家賃八万四千円のマンションに引っ越した。その費用も麗子が支払った。

保証人は、古井の父親になってもらった。

古井は、父親にいった。

「おれのアルバイト代で家賃は払う。麗子には、一切出させないから」

渋谷でスカウトのアルバイトを再開した古井は、新しい彼女を見つけた。渋谷駅のハチ公前でスカウト中に眼をつけたのである。十九歳の専門学校生だという彼女は、田城美紀《たしろみき》と名乗った。

古井は、細っそりとしたなかなか美人の美紀のことが気に入った。

パブで軽く飲んだ。

古井は、美紀にいった。

「きみは、鈴木京香《すずききょうか》をさらにシャープにしたようだね」

二日後の昼に美紀に会ったとき、経堂のマンションの部屋に誘いこんだ。

古井は、女が部屋にまでついてくることは、抱いてほしい、とおもっていると信じこんでいる。

立ったまま、背後から彼女を抱き締めた。

白いブラウスに左手を差し入れ、右の乳房をもみしだきにかかった。

「あぁ……」

彼女は、古井に体を預けてくる。

小ぶりな乳房が手のひらのなかで妖しくはずむ。

若いだけあり、心地良いくらいにはずむ。麗子と六歳の歳の差が、乳房のはずみにあらわれている。

左手でもみながら、右手を紅いミニスカートの下にしのびこませた。

黒いパンストの前のふくらみを、人差指で撫であげ撫であげした。

「あぁ……」

彼女は、全身をくねらせうっとりともだえる。

パンストのふくらみを、まわすように撫でる。

「あぁン……」

美紀は、なんともいえない気持ちよさそうな声をあげる。

いつの間にか、古井の人差指の先がジットリと濡れてきた。

古井は、そのかすかに濡れた人差指を美紀の鼻先にもっていき、ささやいた。

「ほら、パンストごしなのに、もうこんなに指先が濡れてるぜ」

「いや、意地悪！」

美紀は、尻をゆすった。

しかし、そのゆすり方は、そんなにじらさないで、早く、ナマでいじって……とせがんでいるようであった。

ミニスカートをたくしあげ、パンストとパンティを同時に脱がせた。

まばゆいほどに白い尻がのぞく。

外から差し込む陽に、つやつやと光る。

古井は、ズボンを半分ほどずらし、ペニスを剝《む》き出した。

尻の谷間に、いきりたつペニスを突き入れた。

花弁はしとどに濡れている。一気に奥の奥まで突き入った。

「あァン……」

美紀は、尻をくねらせ、よろこぶ。

美紀は、夜通しの愛撫が忘れられないらしく、このマンションにたびたび泊まるようになった。

古井は、九月半ば、風邪をひいて寝こんでしまった。

電話をかけた相手は、麗子であった。

「麗子、頼むよ。洗濯物もたまってるし、食事もしてないんだ」

麗子は、契約のとき以来初めて経堂のマンションに来た。

「なぜ。もっと早く呼んでくれなかったの」

麗子は、濃い紅《あか》いルージュをひいた唇をとがらせて文句をいいつつも、うれしそうにかいがいしく古井の世話をした。

古井は元気になると、美紀を部屋に呼んだ。

美紀が部屋を見まわし、パンストを見つけた。

「これ、わたしのパンストじゃないわ」

古井は、否定はしなかった。

「そうなんだ。じつは風俗の女に、つきまとわれているんだ。年は二十五歳で、おれより四つも上なんだ。怖い女なんだ。合鍵で勝手に入ってきては、コンドームをチェックしてさぁ。コンドームの数まで調べ、減っていると、逆上するんだよ」

「怖いひとね。わたしのいるときに部屋に入って来られると怖いから、彼女から合鍵を取りあげて」

「わかった。合鍵は、かならず取りあげる。安心しろよ。おまえのことは、死んでも守るからさ。それに、あの女とは七月で切れてるんだ」

美紀はうなずいた。

が、顔がさすがに強張《こわば》った。

5

古井俊介は、このころ、スカウトのアルバイト中、渋谷でバンビのように大きな眼をした愛くるしい顔立ちの女の子に声をかけた。

一メートル五五センチくらいの小柄にしては乳房とヒップがゆたかだ。ウエストも、きつくくびれている。

「高校生かい」

「ええ」

彼女が訊いてきた。

「何の仕事をしているの」

「キャバクラのスカウトさ。女子高生じゃしょうがないし、きみのようにかわいい娘は、そういう世界に誘いたくはない。おれの恋人にしたいな」

「あら……わたし、市村《いちむら》ゆかりというの」

ゆかりは、笑《え》くぼを浮かべてにっこりと笑った。

古井は、その二日後、ゆかりを経堂のマンションに誘った。

ゆかりはセーラー服を着て訪れた。

古井が、セーラー服を着てこい、といっておいたのだ。

部屋に入ったゆかりに、古井はささやいた。

「おまえが、初めておれの部屋に入った女だ」

ゆかりのぱっちりとした大きなバンビのような黒目がちの眼が、輝いた。

古井は、ゆかりに訊いた。

「ヴァージンか」

「一度だけ、したことがあるの」

「だれと」

「中学校の先生と……」

「悪い教師だな」

古井は、乱暴にあつかうことはやめた。

古井は、ゆかりの体を抱きあげ、ベッドの上に優しく放り出した。

セーラー服のスカートが、花のようにひらく。

靴は脱がせ、ルーズソックスははいたままにしておいた。

草野麗子や田城美紀では味わえない、女子高生ならではの初々しい服装であった。

セーラー服もスカートもルーズソックスもはかせたまま、かわいがることにした。

ゆかりは、眼を閉じている。

唇は、ぷちっとしていて、口紅をつけなくてもいちごのように紅い。

古井は、その唇に軽くキスした。

ゆかりは、冒険心にあふれてはいるが、恥ずかしいらしい。唇は、かすかに震えている。

古井は、濡れた舌で、ゆかりの上唇の縁《ふち》をなぞった。

ゆかりの唇は、いっそう震えている。

そのういういしい震えが、古井にはまたたまらない。麗子では、とうてい味わえないうぶさだ。

古井の濡れた舌が下唇に移ると、ゆかりの唇はますます震えてくる。
古井は、優しくささやいた。
「唇を、少し開いてごらん」
ゆかりは、唇をかすかに開いた。
白い歯の奥に、濡れた薄桃色のかわいらしい舌がのぞく。
その舌も、かすかに震えている。
古井は、彼女の震える舌を、一瞬にして吸い取った。
「あッ」
ゆかりの声と同時に、古井の口のなかに彼女の濡れた舌がとろけこんできた。
やわらかい舌を吸いに吸った。
吸われながらも、なお震えている。
古井は、優しく吸いつづけた。
やがて、グレーのスカートをめくった。
ふともももとパンティが、あらわになった。
なんともかわいい。
古井は、ふと自分も高校生のころにもどったようなメルヘンチックな気持ちになった。

パンティの上から、優しくふくらみをなぞった。

ゆかりは、震え声を出す。

「あぁ……」

ゆかりは、ふとももをかすかにくねらせはじめた。

古井はふくらみから、クリットのあたりを強く撫であげた。

ゆかりのルーズソックスをはいた脚が、せつなそうに動く。古井には、それがまたたまらない。

パンティが、かすかな湿り気をおびてくる。

花弁が濡れてきているらしい。

古井にとって、麗子をどんなに妖しい体位で攻めるより、ゆかりをこうしてパンティをはいたままかわいがる方が新鮮で魅力的だ。

パンティの上から撫でる指が、ジットリと濡れてくる。

パンティのふくらみを、左の方にめくった。

花弁が、あらわになった。まったく濁りのない美しい桃色に光っている。

毛は、はえていないのか、とおもわれるほど薄い。それが、いっそうかわいい。

それでいて、濡れている。

ゆかりは、声をあげた。

「いや、恥ずかしい……」

右手で、パンティから剝き出た濡れた花弁をおおった。

古井は、優しくささやいた。

「せっかく美しい花弁を秘めているんだ。ジックリと見せておくれ」

ゆかりは、首を振った。

「いや、いや……」

古井には、ゆかりが恥ずかしがって拒《こば》んでくれる方がうれしかった。

すぐにやることには、慣れすぎている。

古井は、ゆかりが花弁をおおった指の間から人差指を突き入れ、花弁の奥にしのばせた。

「あぁ……」

ゆかりは、恥じらいの声をあげた。

人差指に濡れに濡れた肉襞《にくひだ》が吸いついてくる。

せばまりがきつい。

古井は、にんまりした。

〈一度だけ抱かれたことがある、といっているが、まんざら嘘でもないらしい〉

人差指を深く沈めた。

妖しくまわすように動かしはじめた。
「あぁ……」
ゆかりは、恥じらいとよろこびの混じった声をあげる。
人差指を、妖しく妖しく動かす。
ゆかりは、ふとももだけでなく、全身をくねらせる。
古井は、右手の人差指を使いながら、左手でセーラー服のボタンを外《はず》した。
妙にドキドキした。最近味わったことのないときめきであった。
ひとつ目、ふたつ目、三つ目のボタンを外した。
フロントホックのブラジャーがのぞいた。
ブラジャーを、外した。
ぷるるん、といった感じで、ゆたかな乳房が飛び出てきた。
想像していた以上に大きい。九〇センチを超えるかもしれない。
乳房は、大きいだけでなく、紡錘《ぼうすい》形で張りをおび尖《とが》っている。
乳暈は、ひときわ大きい。ピンクの色に萌《も》えている。
乳首は、小さめだがピンと立っている。
古井は、乳首を口にふくんだ。
「あぅ……」

ゆかりはよろこびの声をあげる。

古井は乳首をかわいがりつづける。

ゆかりの花弁にしのばせている古井の指が、よけいに熱く濡れてくる感じがする。

古井の乳首のしゃぶりと人差指のくねりに、うぶなゆかりもさすがに感じるらしい。

古井は、その夜はそこまでで、ペニスで攻めることはしなかった。

〈楽しみは、あとに残しておこう〉

田城美紀が、経堂のマンションを次に訪ねたとき、部屋をあらためて見まわした。

イヤリングを見つけた。

「このキティのイヤリングは、何？　まさか、例の風俗嬢のじゃないでしょう」

古井は、あわてて説明した。

「高校生の女の子のだ」

「高校生？」

「でも、おれは高校生は小便臭くて嫌いだ。おれにとっての女は、美紀だけだ」

市村ゆかりのことを小便臭くて嫌い、と口にした。

さらに麗子についてもいった。

「風俗の女なんて、札束にすぎないんだ」

古井は、美紀を優しく抱きしめた。

「なあ、いっしょに、この部屋に住もうよ」

6

古井俊介は、市村ゆかりを、経堂のマンションにふたたび誘いこんだ。

やはりセーラー服で来るようにいっておいた。

ゆかりは、この日も、セーラー服にルーズソックス姿でやってきた。

古井は、セーラー服もルーズソックスも身につけさせたまま、ベッドでかわいがった。

ただし、パンティは脱がせた。

上になり、前戯でたっぷり濡れている花弁に、ペニスをゆっくりと突き入れた。

前回、ゆかりの花弁に指をしのばせて、なかが異様にせばまりがきついことはわかっていた。だから今日ペニスを突き入れたときの満足感はひときわだった。

濡れた肉襞が、痛いほど締めつけてくる。

古井は、その締めつけをうっとりと味わっていた。

〈動かさなくてジッとしていても、たまらなく感じる……〉

ゆかりも、唇をわななかせてよろこぶ。

「あぁ……」

古井は、いよいよ深く突き入った。

「あン」

ゆかりは、首をゆすった。

「痛いか？」

ゆかりは、また首をゆすった。

「うれしいの……」

古井は、ゆっくりと腰を使いはじめた。

肉襞は、ペニスを充分に締めつけてくる。

古井は、腰を使いつづけ、ゆかりに訊いた。

「感じるか？」

「乳首やキスは感じるけど、なかは、まだよくわからない」

「いまに、おれのこれで攻められないと、眠れなくなるさ」

「そうなの？」

「ああ。おれのかわいがってきた女の全員が、おれのこれを欲しがってよがった
……」

「そうなの。怖いけど、わたしも早く、そうなりたいわ」

「してやるさ」

「お願いね」

古井は、やがて腰を使いはじめた。

「ゆかりちゃん、いくよ」

「エクスタシーのこと、いくっていうの」

「そうさ。おれだけでなく、きみもいく、いくッていいながら、エクスタシーを感じるようになる」

古井は、そのうち、腰づかいを激しくしていった。

「いくよ、いく、いくぅッ！」

ほとばしった。

ゆかりはいった。

「あなたがほとばしったの、わかったわ……」

古井は、ゆかりにささやいた。

「おれは、毎晩でもゆかりが欲しい。おれといっしょに、この部屋で住もう」

古井は、田城美紀とゆかりとつきあっている間にも、掃除、洗濯、食事の世話をさせるため草野麗子をたびたび呼びつけた。

ある日、麗子が古井の部屋の掃除をしていると、使用済みのコンドームが出てきた。

麗子は、逆上した。

「あなた！　なによッ！」

古井がいった。

「待て。おれは確かにもてる。いま十八歳と十九歳の女の子から、いい寄られている。おれは麗子をふくめた三人を、冷静に見ている。その中で、一番おれに尽くしてくれる女の子と、つきあおうと思っているんだ。最近、麗子を見直してきたところなのに……」

麗子は、その言葉にいいくるめられた。

結局、いつものように抱きあって、仲直りした。

九月末になり、家賃の支払いが近づいてきた。古井は、いつものように麗子にねだった。

「なぁ、家賃たのむよ」

「………」

「約束どおり、いっしょに住むからさ。百人町の寮を引き払ってくればいいじゃないか」

麗子は、結局、古井に逆らうことができない。いいなりになることが、いつしか彼女の愛情表現になっていた。

ほどなく麗子は百人町の部屋から家財道具を古井の部屋に移し、同棲をはじめた。

その夜、全裸の麗子は、ベッドの上にやはり全裸であぐらをかいてすわっている古井の首に両手をまわした。

「俊介……ほしくってたまらなかったわ……」

麗子の細身の体は、色がぬけるように白い。

かわいらしいつるつる光る尻を、ゆっくりと下ろしていく。

「店でお客の相手をしているときは、いつも俊介をかわいがってよろこばせている気になってやっているのよ」

「おいおい、おれと抱きあっているときのように熱心にやっているのかい」

「意地悪。そういうつもりじゃないのよ。それほど、俊介のことで頭をいっぱいにしているということ」

麗子は右手をのばし、細いしなやかな指で古井のペニスをにぎった。

隆々としてそりかえらんばかりになっている。

ちょうど雁首《かりくび》の上に、尻を下ろした。

「あぁ……俊介……」

花弁は、すでに濡れている。すっぽりと雁首をくわえこんだ。

「わたし、俊介でないと濡れない体になってしまっているの」

麗子は、店の客に花弁をなめられたり、指でもてあそばれたりするとき、決して濡れることはない。

多い日は、十人もの客を相手にすることがある。客に反応して濡れていては、体が疲れきってもたない。いくらテクニシャンの客を相手にしても、まったく反応しない体になっていた。

それゆえに、古井と抱きあうときは、自分でも信じられないほど濡れに濡れ、蜜が花弁からあふれ出て、ふとももにしたたる。

麗子は、うっとりと尻をまわすようにした。

ペニスが、奥の奥まで突き入ってくる。

「あぁ……俊介……」

店では、いわゆる「本番」は禁止されている。それなのにペニスをもてあそびつづけているので、欲求不満気味になる。よけいにたくましいペニスを味わいたくなってくる。

俊介のペニスは、店の客でもめったに見ないほどのたくましさであった。こんなに甘い顔をしているのに、どうしてこのように凶々《まがまが》しいほどのペニスをもっているのか。不思議であった。

麗子は、乳房のあたりまで流れている長い髪をゆらし、尻を妖しくまわすように動かしながら、古井の耳元に口をつけてささやいた。

「ふふ……俊介のあそこ、わたしのなかでピクピクと動いているのよ。ほら、ね、ピクピクしているでしょう」

麗子は、古井の首にまわした両手により力をこめて、尻をまわしつづけた。

「俊介のペニスは、わたしだけのものよ。もしこのペニスで他の女をかわいがったら、わたし、許さないからね」

麗子は、古井を睨《にら》みつけるようにした。

「おい、おれに限って、他の女なんて」

古井は、花弁を下から雄々《おお》しく突き上げはじめた。

「あン……」

麗子は、たくましいペニスの突きを味わった。

「俊介、とろけそうよ。突きとろかして……俊介のこれなしでは、わたし、生きていけないの……」

そのうち、古井のマンションの1Kの部屋のテーブルの上に置いてあった彼の携帯電話が鳴った。

が、古井はすぐに出ようとしない。

麗子はせかした。

「俊介、出なさいよ」

「いいよ。どうしても必要な用件なら、またかけてくるさ」

麗子は、とっさにおもった。

〈わたしのいる前では出られない女からの電話にちがいないわ〉

麗子は、嫉妬に体が震えてきた。

「出なさいよ。わたし、そばで聞いていてあげるから」

「出る必要はない！」

「どうして。やましくない電話なら、わたしに聞かれたっていいでしょう」

古井は、うんざりした顔になった。

膝の上で抱いていた麗子の体を突き放すようにして、離れた。

ベッドから下りて、携帯電話を、とった。

麗子も、ベッドから素早く下りた。そして、携帯電話のそばに行った。

「切っちゃだめよ！　さあ、相手と話すの」

もし女がかけてきたのなら、わざと相手に聞こえるように、「ねぇ、俊介、早くベッドにもどって」というつもりであった。

古井は、電話の着信ボタンを押した。

「俊介！　どうして、早く出ないのよォ」

甘ったるい感じの女の声であった。

そのとたん、古井には相手が誰かわかったのか、あわてて切った。

7

草野麗子は、嫉妬に全身の血が逆流しそうであった。

「あれほど切るなといったのに……いまの女、だあれ？」

「…………」

「ねえ、だあれ？」

麗子は、自分でも顔が鬼のような形相《ぎょうそう》になっていることがわかる。

「白状しなさいよ。あのものいいからして、あなたとできているわね」

古井俊介は、さすがにうんざりしたのか、ムッとした。

「どうして、おまえにいちいち誰から電話がかかってきました、と報告しなくてはいけないんだ」

麗子は、つい口にした。

「わたしはあなたに稼いだお金のほとんどを貢いできているのよ。あなたのスーツから靴まで、みんな『コム・サ・デ・モード』よね。就職の面接のためというリクルートスーツまで、みんなコムサで固めているじゃない。あなたは丸井のカードを使うだけ使い、結局払えなくなって、わたしが払ったものばかりよ」

「…………」

「先輩から借りたお金が返せないといって、わたしに借金した分だって、そのままじゃないの」

古井の顔が、強張ってくる。

「一ヵ月前に、あなたがこのマンションを借りた金は、いったい誰が払ったの。八万四千円の部屋の礼金、敷金四十万円、引っ越し費用だって、みんなわたしが払ったのよ。わたしがあなたのために、店の女の子から借金までしているのを知らないとでもいうの」

「…………」

「それなのに、ほかの女の子と遊びほうけているなんて……」

麗子は、体に震えがきた。

古井は、麗子に殺気を感じたのか、そばに投げ捨てていたズボンをはいた。

パンツははかないで、いきなりズボンをはいた。

シャツも着て、ハンガーにかけた背広を手にした。

逃げるようにして、部屋から出ようとしてドアまで走った。

麗子は、台所に走った。

キッチンセットの引き出しから果物ナイフを取り出した。

「俊介！　お待ち。どうして、そんなにあわてて出て行くの。そう、いま携帯に電話をかけてきた女のところに、行くのね」

「おい、おまえ……」

古井の顔が引きつり、血の気が引いている。

麗子は、自分でも何をしているのかわからなくなった。震えが止まらなくなった。

古井のおびえた声が、聞こえる。

「おい、やめろ！」

「あなた……よくも……」

麗子は、ぶるぶる震えながら、右手にしっかりと果物ナイフをもち、古井めがけて体当たりした。

「やめろ！」

古井は、おびえた声をあげた。

古井の腹を刺したか、とおもった瞬間、カチリ、という音がした。

ベルトのバックルに当たったらしい。

古井は、部屋のドアにぶつかり、うろたえながら、外へ飛び出して行った。二階から走り下りる階段の金属音が響《ひび》く。

麗子は、ようやくわれに返った。

右手に強く果物ナイフをにぎりしめていることに気づいた。

〈わたし、どうしてこんなことを……〉

刺し殺さなくてよかった。

麗子は、キッチンセットの引き出しを開け、果物ナイフをもとの場所にもどしながら自分で自分が怖かった。

〈俊介が浮気している証拠をつかむと、わたし、ほんとうに刺し殺すかもしれない……〉

この喧嘩で、麗子は、百人町の寮へもどった。

が、寮の部屋には家財道具もなにもない。

麗子は、その部屋にぽつんとひとりいた。

寂しさが、よけいに沁《し》みた。これまでの古井の自分への仕打ちの数々がよみがえってきた。怒りに震えた。

平成九年十月十九日、麗子は百人町の寮を出る期限の日になっていた。

麗子は、その日の夕方、古井のマンションに向かった。

古井は、麗子が百人町の寮を出たころは、田城美紀といっしょに経堂のマンションの部屋にいたのである。

美紀は、前日の土曜日から泊まっていた。

ベッドの上で抱きあいつづけていた。

美紀は、クリットこそ一回だが、花弁の奥は八回もいっていた。

古井も六回もいっていた。

七回目に挑もうと腰を使いつづけていた。

美紀は、古井にすっかり調教され、何度もエクスタシーを味わえる女になっていた。

美紀は妖しく尻をくねらせながら、うれしそうにいった。

「俊介って強いのね。だれにでも、こんなに何度もいけるの」

「男は、女によって変化する。美紀が何度もいくから、おれも何度もいけるんだ」

「一度しか、いかない女の人もいるの？」

「一度どころか、一度もいかない女もいるんだ。美紀のように何度もいける女は、おれは初めてだ」

「ふふ。そうなの。うれしいわ……」

美紀は、いっそう尻をゆする。

古井も、はずんだ声をあげる。

「美紀……そんなにゆすっては……またいく、いくぅ……」

「いって、俊介、いってぇ……」

「美紀もか……」

「わたしも、いくわ、いく、いくぅ……いくぅ……」

古井はほとばしった。が、さすが自分でも勢いと量の少なさはわかる。

美紀は、ぐったりと死んだようになった。

古井が、疲れきった声でいった。

「じつは、昨日、例の風俗の女にハチ公前で会ったんだ」

「なぜ？」

「スペアキーをつくっては、この部屋に勝手に入ってくるので、今度こそ、キーを返せ、二度とスペアキーをつくるんじゃないぞ、と釘を刺しておいた」

「これで、三回も合鍵を取り返したんでしょう。もうひとつもふたつも、スペアキーをつくっているんじゃないの」

「もし、またスペアキーをつくっていてこの部屋に勝手に入りこんだら、おれが許さん」

古井は、美紀の眼をのぞきこんでいった。

「おまえ、あの女に会ってみるか」

美紀は眉を顰《ひそ》めた。

「会いたい気持ちもあるけど、危ないから、やっぱりやめておくわ」

美紀が、話題をクリスマスに切り換えた。

「クリスマスの二十四日、二十五日、二十六日、ずっといっしょね」

古井は一瞬間を置いて口にした。

「クリスマスは、一日だけいっしょにいられる」

麗子やゆかりとも、一日は過ごさなくてはならない。

古井は、美紀に猫撫で声でささやいた。

「幸せになろうな……」

この日の夕方、古井は美紀を大船《おおふな》まで送るために部屋から出た。

古井は、このあと、女子高生の市村ゆかりとも会う約束をしていたのである。

麗子は、古井のマンションに向かいながら、古井がひとりで暮らす部屋がほしい、といって引っ越しした理由がわかった気がしてきた。

〈わたしに隠れて他の女を連れこんで遊ぶ部屋が、ほしかったんだわ〉

マンションに着くと、二階に上がった。

古井の部屋の前までしのび足で近づいた。

部屋の前に立った。

ドアに耳を押しつけるようにした。

全身を耳にして、部屋の中のようすをうかがった。

古井が、女を連れこんで抱きあっているかもしれない。

が、部屋の中からは物音ひとつ聞こえない。

〈留守だわ〉

じつは、古井と美紀がこの部屋を出て行くのと入れ違いだったのである。

麗子は、古井にもらっていた合鍵を、前回会ったとき、取り上げられていた。しかし、その前にもうひとつスペアキーを作っていた。

そのスペアキーで、部屋の中に入った。

麗子は、部屋の掃除をはじめた。

見慣れぬパンティストッキングが見つかった。

〈まちがいないわ。わたしのものじゃない〉

ゴミ箱まであさった。

使用済みのコンドームも出てきた。

怒りと嫉妬に、頭がクラクラしてきた。

麗子の脳裏《のうり》に、自分が古井に抱かれた同じベッドで、古井が他の女をよろこばせている姿が浮かんできた。

気が狂いそうであった。

長い髪の毛を、かきむしった。

〈部屋に火を点《つ》けてやる！　他の女と抱きあった部屋なんて、焼けてなくなるがいい〉

部屋にあった新聞、雑誌にライターで火を点けた。

「燃えるがいい……燃えるがいい……」

新聞や雑誌が、メラメラと燃えはじめた。

が、たちまち火災報知器が鳴り響いた。

部屋のドアが、ドンドンとすさまじい勢いで叩かれた。

麗子は、おどろいて開けた。

管理人が立っている。

「部屋の排気口から、うっすらと煙が出ているのでおどろいて駆けつけたんです」

麗子はわれに返り、頭を下げた。

「すみません。手違いなんです。新聞にコンロの火がうつっちゃって。だいじょうぶですから。すみません。すみません……」

その後、消防署員も駆けつけた。

麗子は、消防署員に状況説明する管理人を尻目に、部屋を出た。

階段を下りると、古井の携帯電話に、連絡を入れた。

「会いたいの。経堂駅の改札口で、待っているわ」

麗子は、経堂駅前に歩いて向かった。

まるで夢遊病者のようであった。自分でも、どこを歩いているのかわからなかった。

足がいつの間にか、駅前のスーパーに向かっていた。

刃渡り二〇センチの文化包丁を買った。

古井が、別の女性の存在を認めたら、眼の前でこの包丁で彼を刺し殺し、それから自分も刺し、自殺するつもりであった。

紙に包まれた文化包丁を、黒のプラダのハンドバッグにしまいながら、ぽつりと漏らした。

「どうにかなりそう。狂い死んでしまうかも……」

麗子は、経堂駅で古井を待ちつづけた。

何分待ったろうか。

古井が、改札から出てきた。

白いシャツに白と黒のチェックのズボン姿であった。

麗子は、さっそく古井に食ってかかった。

「なによ、また部屋に女を連れこんだのね」

「おまえ、鍵を取りあげたのに、スペアキーをまだ持っていたんだな。泥棒猫のような真似は、やめろよ！」

「なにが泥棒猫よ。わたしの金で借りた部屋に、わたしが入って、どうして悪いのよ！」

ふたりは、経堂駅から南に延びる「農大通り」へ抜ける大通りの商店街を歩きながらも、いい合いつづけた。

古井は、そのうちカッときた。

麗子を、おもいきり殴りつけた。

「おれの部屋に、二度と入ることは許さねぇぞ！」

麗子も、負けてはいなかった。

「あなたこそ、わたしの金で借りた部屋に、他の女を連れこむなんて、泥棒のようなことはしないで！」

麗子は、叩き返した。

古井が、また麗子を殴った。

麗子は、黒のプラダのハンドバッグを開いた。

隠し持っていた文化包丁を、取り出した。

古井が、吐き捨てた。

「なんだおまえ！　刺してみろよ。おまえなんか、いつまでも刑務所に入ってろ！」

麗子は包丁を手に、古井に体当たりした。

古井は、身をひるがえした。

麗子は、さらに体当たりした。古井の脇腹を突き刺した。
包丁が肉に突き刺さった確実な手応えがあった。
古井は、悲鳴をあげた。
「ヒィ！」
麗子は、自分が何をしているのか、わからなくなっていた。
右手で包丁を持ち、いま一度古井に体当たりした。
脇腹を、より深く突き刺した。
「た、助けてくれェ！」
古井は叫びながら、近くの洋服店に転がりこんだ。
倒れるようにひざまずいた。
腹のあたりは、血で真っ赤であった。
その後を、麗子がなおも追った。
うつぶせに倒れている古井の上に、馬乗りになった。
古井の背中に、包丁を何度も何度も突き立てた。
古井は、刺されるたびに「ウグッ、ウグッ」と弱々しい声をあげる。
刺し傷は、背中と脚に数カ所、腹部八カ所の計十三カ所におよんだ。
が、すぐに古井の「ウグッ」といううめき声も聞かれなくなった。

鎖骨下から心臓にまで達する傷が、致命傷となったのである。

ミシンで裁縫をしていた洋服店の店主は、突然の出来事にしばらくあっけにとられていた。

麗子の顔は、まるで夜叉《やしゃ》のようであった。

が、店主は気をとりなおした。

物差しで麗子が手にしている包丁を、おもいきり叩き落とした。

すでに周囲は一面、血の海であった。

血まみれの古井の体から、さらに血が流れ出てくる。

麗子は、古井の返り血をあびて、白いブラウスは真っ赤に染まっていた。

麗子は、店の床にペタリと座りこんだ。

そのかたわらには、ピクリともしない古井が倒れている。

麗子が、消え入るような声で頼んだ。

「お母さんに、電話して下さい……」

洋服店の店主が、妻に眼をやった。

「おい、一一〇番だ！」

その声を合図に、まわりに寄ってきた野次馬が騒ぎ出した。

「救急車！」

「警察だ！」

北沢署の署員が駆けつける間、麗子は興奮して泣きさけぶこともなく、ただ一点を見つめて放心したようにじっとしていた。

眼には、うっすらと涙が浮かんでいた。

いっぽう、古井はすぐに病院に運ばれた。

が、二時間後、出血多量で死亡した。

麗子は、取り調べ中、古井の死亡を知らされた。

そのとたん、がっくりと肩を落とした。

「彼が亡くなって、わたしが生きているのは、おかしい。死にたい……」

女子高生のゆかりは、夕方六時から古井の携帯に電話をかけ続けていた。約束の場所にあらわれない古井を探していたのである。

結局、それきりゆかりは古井に会うことはなかった。

事件から半年ほど経ったある日の深夜のことだった。寝ていたゆかりはふと眼を覚まし、そして唐突におもったという。

〈俊介が、呼んでいる……〉

錯乱したゆかりは、カミソリで手首を切って、古井の後を追おうとしてしまった。

が、生きたい、という気持ちが勝ったせいか、幸い傷は浅く命をとりとめた。

草野麗子は、取り調べが終わっても途方に暮れ、自分が死ぬことばかり口走りつづけた。

麗子の弁護士は、彼女を慰めた。

「死ぬのは、いつでもできる。いま死んでも、古井君はよろこばないよ」

麗子は、ようやく落ち着き、時には弁護士に笑顔を見せるようになった。

麗子は、古井との結婚と大好きだった古井本人の両方を、自分の手で消してしまったのだ。

〈これから、何を目標にして生きていったらいいのかしら……〉

苦しみつづけている。

平成十年四月二十八日、東京地裁は求刑懲役十二年の草野麗子に対し、懲役十年の判決をいい渡した。

裁判長は、古井が草野被告に暴力を振るったり、他の女性との関係を質《ただ》されてもあいまいな返答を続けたりしたことなどを指摘し、述べた。

「裏切られたとの気持ちが動機だが、正当化はできず、犯行は執拗で近くの住民に与えた衝撃も大きい。しかし、事件の原因は被害者がつくったというべきだ」

火照る女

1

パチンコの好きな石毛絵里子《いしげえりこ》は、平成元年春のその日の夕方も、新装開店したばかりの足立区《あだちく》一ツ家《ひとつや》一丁目の「ポールスター本店」でハンドルを握っていた。

二千五百発入りの大きなケース二箱を出していた。しかし、それから先は、増えたり減ったりをくりかえしていた。

〈やっぱり、これは、遊び台だわ。そろそろ代わり頃ね〉

それで止めれば、換金すると、一万四千円にはなる。

「ポールスター」は、この店を本店として、東京北部に七店を構える中堅のパチンコチェーンであった。

絵里子がいつも行っているのは、中央本町にある「ポールスター中央本町店」である。

三十二歳の自分より一歳年下の靴屋の職人佐野博己《さのひろみ》と同棲《どうせい》している足立区青井《あおい》のゆうなぎ荘の近くにある。

パチンコに熱を入れるようになったのは、東京のひとり暮らしの寂しさをまぎらわすためである。

男に夢中になっているときは、いっさいパチンコをしなかった。

だから、いままたぞろパチンコの虫が騒ぎだしたということは、そろそろ佐野に飽きてきたという証拠かもしれない。自分では、うすうすそう感じていた。

〈別れ頃かもしれないわ……〉

台を移ろうとキョロキョロ探していたとき、背後から声をかけられた。

「彼女、あっちゃの350番台の方が、よう出るわ。行ってみ」

ふりむくと、小太りで丸顔の中年男がにっこりと笑って立っていた。

笑ってる顔は、どことなく愛川欽也に似ている。が、どこか凄味《すごみ》のある目つきをしている。

女の勘で、近づいてはいけない危ない雰囲気を感じた。

ブルーの制服を着ているので、この店の従業員だとわかった。

「ありがとう」

気持ちは警戒していたが、とっさに猫撫《ねこな》で声になっているのが自分でもわかる。

それよりも、男の訛《なま》りに、なにか懐かしい響きを感じた。

〈ふるさと愛媛の訛りに、近いわ〉

絵里子は、急いで350番の台に向かった。

はたして、その台は、今日一番の目玉台だった。出るわ、出るわ、大ケースに十三箱も出した。

十二箱を、換金した。九万円近くにもなった。

残りの一箱で、洗剤や、シャンプー、髪を後ろで束ねるカチューシャ、紅鮭《べにざけ》の缶詰、蟹缶《かにかん》、など出来るだけ日用品を揃《そろ》えた。

カウンターで交換している横に、さっきの男が近づいてきた。

「あの台は、もっと出る台や。なんで、つづけへんの」

「いえ、これだけで十分」

男は、なれなれしげに耳元でささやいた。

「明日また、おいで。ええ台、教えたるから」

そういって、口をすぼめ、狆《ちん》のように顔をくしゃくしゃにした。

〈なんか、世慣れた感じで、遊び人風の人だわ〉

でも、台を教えてくれるんだから、ちゃっかり乗ってやろう、とおもった。

なにしろ、佐野と生活しているので、なにかと物入りであった。自分のものだけではなく、たまには佐野にプレゼントもあげたかった。

二日たって、また「ポールスター本店」に足を踏み入れた。

その日は、看護婦ヘルパーとして働いている足立区六町一丁目の個人病院「春川《はるかわ》医院」がひまなので、早退をしたのである。

ホールに入るなり、一昨日の親切な男が、近づいてきた。

まるで、絵里子の来るのを知っていたかのようだった。

「なんで、昨日来んかった。今日は、釘《くぎ》を締めてるよ。出えへん、出えへん」

絵里子は、ちょっとムッとした。

「なんで、そんなに親切にしてくれるの」

「あんた、きれいでかわいいからや。それで、なにかおかしいか、え？」

そういって、ニヤリと笑った。

最初は気がつかなかったが、男の左の目尻《めじり》に、深い傷があった。

〈なんの傷かしら。なんだか、怖そうな男《ひと》……〉

三度目に、「ポールスター本店」に行ったとき、その男が誘ってきた。

「彼女、今日飯でも食べへんか」

厚かましい誘いであった。

しかし、その三時間後、男と近くの和風割烹《かっぽう》にいた。

男は、慣れた手つきで日本酒「久保田」の冷酒を絵里子のガラス製のお猪口《ちょこ》に注《つ》いだ。

絵里子がおかえしを男の猪口に注ごうとするのを遮って、手酌で注ぎながら、彼女の眼を見ずに下を向いたままいった。

「あんた、ほんまにかわいいな。おれと、つきあわないか」

そういって顔を上げ、くしゃくしゃに顔をほころばせた。

とたんに、人なつっこい笑顔になった。

「いえ、あたし、いっしょに棲《す》んでる人がいるの。お断わりします」

「あっ？　さよか。ま、ええがな。今日は、友達になった記念すべき日や。乾杯！」

「かん、ぱい」

絵里子は、そういって相好を崩した。

男は、山口清高《やまぐちきよたか》と名乗った。

話題を、そらさなかった。佐野との沈黙の多い時間にたえきれないおもいをしていた絵里子には、男のかます関西風ジョークが、ひどくなつかしく、爽《さわ》やかに見えた。

いけない、とおもった。

〈わたし、この人に魅《ひ》かれはじめている……〉

顔つきは、危ないが、いうことは、筋が通っていた。

そのうえ、なにか謎《なぞ》のような過去を秘めているようで、わくわくするようなスリルすら感じた。

少しだけ、打ち解けた。

黒のAラインのミニスカートの脚を組み替えたとき、見えたかな、と気になった。

山口は、眼《め》を細めて絵里子の眼の奥を透かすように見た。

「いやだ、そんなに、ジッと見ないで」

「安心しいや。食べてしまうのは、このオコゼだけや」

そういって、頭から、ガブリとオコゼの唐揚げにかぶりついた。

「やだぁ」

山口は、男の子のように喉《のど》チンコまで見せて笑う絵里子に、ひどく疼《うず》いた。

「おい、オッチャンと、もう一軒飲みにいけへんか。だいぶいける口やろ」

そういって、自分をおひゃらかした。

いつもわがままを聞いてくれるが、なにかの拍子に頑固一徹になり口も聞かなくなる佐野とは、えらいちがいであった。

二軒目のパブスナックを出たときは、時計は十二時をまわっていた。

山口は、慣れた手つきで、絵里子の腰に手をまわしてきた。

ミニスカートをたくしあげ、尻に触ろうとした。

「いや、やめて！」

そういって、山口の手をつねった。

「また、会ってくれるか」

「うーん、どうしよっかなぁ……」

「どこに、住んでるの」

「教えないわ」

絵里子は、目の縁がポッと赤らんでいるのが、自分でもはっきりわかった。耳朶《みみたぶ》が、火のように熱い。

「春川医院」に勤めていることだけは、かろうじて教えた。

山口からは、春川医院に、その翌日から頻繁に電話がかかってきた。

山口だとわかると、絵里子は出なかった。

〈いやだわ。教えるんじゃなかった。このひと、あまりにも強引すぎるわ〉

絵里子は、最初のデートから数えて二週間後、やっと、「ポールスター本店」に顔を出した。

黒地に英語のロゴが入ったトレーナーに、同じスエット地の膝上《ひざ》二〇センチのミニスカートを合わせ、白いソックスにスニーカーとなんとも少女っぽい服装だ。

〈いったい、いくつなんや、この女は……〉

まるで、高校生にしか見えなかった。

山口は、その日、絵里子に本心を打ち明けた。

飲んだ後、どちらからいうともなく環状七号線ぞいにあるモーテルの一室に入った。

絵里子がモーテルに入ったのは、酒の勢いではあった。が、内心では、初めて会ったときから、山口の腕に抱かれるつもりだったような気もした。

山口は、ベッドの脇《わき》の簡素な椅子《いす》に腰かけて告白した。

「シ、死ぬほど好きや。嘘《うそ》やない。だれがいてても、かまへん。お、おれは、おまえだけしか見えへんのや……」

小さいときのつっかえるくせが、つい出てきてしまった。

よほど緊張していたのだろう。

ジッと絵里子の眼を見つめた。

絵里子は、いったん眼を伏せた。

が、もう一度上げたときには、眼をそらさなかった。

「山口さん、お願い……もう一度、いって……」

「おお、なんべんでもいうたる。おまえのことが、忘れられん。こんなに苦しいおもいをしたのは、生まれて初めてや。頼む。おれとつきおうてくれ」

「うれしい。もっといって」

「好きや、好きや、大好きや……」

「わたし、泣いてもいい？　ほんとに、うれしいの」

ふたりは、それからは言葉にならなかった。

絵里子は、佐野にはない強烈な雄の匂《にお》いを感じ取った。

激しく唇をむさぼった。

絵里子は、涙が止まらなかった。

2

山口は、モーテルの椅子に座ったまま、そばに立っている絵里子を後ろ向きにさせた。

ミニスカートをまくりあげた。

パンティを、一気に脱がせた。

つるり、とまばゆいほどの白いゆたかな尻が剝《む》き出た。

尻を、妖《あや》しく撫でた。むっちりとしたモチ肌だ。

「あぁ……」

絵里子は、せつなそうな声をあげた。

絵里子の右手が、山口のズボンのふくらみをまさぐってきた。山口は、自分でも信じられないほどたくましくなっていた。

山口は、絵里子の尻の谷間を両手で荒々しく開いた。

これまでたくさんの男を銜《くわ》えこんできたはずなのに、花弁の色はあざやかな桃色に燃えている。

ぬめぬめと、濡《ぬ》れ光っている。

山口は、ズボンのジッパーを下ろし、自らのたくましいそれを右手で剝き出した。

絵里子は、早く迎え入れたくてたまらなさそうに、尻を突き出すようにした。

山口は、一気に花弁に突き入れた。

「あぁ……うれしい」

絵里子は、上ずった声を出す。

あふれにあふれていて、一気に奥まで突き入った。

「おまえが、好きや」

絵里子は、尻を妖しくゆするようにして、よろこびを表現した。

「うれしい……」

「おまえが、好きでたまらんのや」

「こんなしあわせ、初めて……あぁ、泣きたくてよ。泣きたくてよ……」

絵里子は、本当に声をあげてうれし泣きをはじめた。

シャクリあげるように泣きながら、尻をゆすりつづける。

シャクリあげるたびに、花弁の奥がヒクヒクとひくつく。

山口は、いいようのない快楽に貫かれた。

もだえ狂った後、モーテルを出、ふたりは、すっかり打ち解けた。

「ポールスター本店」から百メートルばかり離れた平野《ひらの》二丁目のキリスト教会の脇を入った所にあるお好み焼き屋「千恵《ちえ》」に入った。

小あがりにビールを運ばせ、喉を潤した。

お好み焼きの香ばしい匂いが、ふたりの空きっ腹を刺激した。

「おれの過去を、知りたいか」

「ううん、どっちでもいい。山口さんが話したいのなら話してもいいし、話したくなかったら、話さなくてもいい」

「うん、あのな……」

「待って、その前に、山口さん、どこの生まれ？」

「おれか、どうでもええやないか。生まれなんか」

「聞きたい、聞きたい」

「おれはな、四国の愛媛《えひめ》や」

「えっ、うそぉ。愛媛のどこ？」

「今治の波止浜《はしはま》や」

「やっぱり」

「やっぱりて、なんや」

「わたしも愛媛、川之江《かわのえ》」

「ほぉ、そうか。それはびっくり仰天、奥目の八ちゃんやなぁ」

「あはは、おかしい」

「おかしいか。そうか、そうか」

「じゃ、山口さんのこと話して、ネ」

「山口さんじゃ、よそよそしい。山ちゃんでいいよ」

「じゃ、山ちゃん、教えて」

「おれは、昭和二十四年十二月二十五日の聖なるクリスマスの日に生まれたんや。それにしては、ロクでもない人生を送ることになったけどな……」

山口は、苦笑いした。

「中学時代からグレはじめ、三回も少年院送りになった。その少年院の中で、人生のすべてを学んだな。地元の中学を卒業後、ぶらぶらしていたが、十八歳のとき、神戸に出たんや。神戸で、ガスの配管工事、いわゆる『前設』の仕事にたずさわった」

「前設って、どんなことするの」

「直径一メートルのガス管を、掘った穴に埋めるのや」

「へーえ、いろんなことをしたのね」

「ああ、ダンプカーの運転手もした。作業員もした。そこで、男が人生でツブシのきく仕事のノウハウをおぼえたな。が、仕事をおぼえてしもうたら、長うはつづかん。四年で辞めた」

「なんで辞めたの。いい給料だったんじゃないの」

そういって絵里子は、篦《へら》で切って小さくしたお好み焼きを箸《はし》でつまんで口に運んだ。その箸で、山口の分も、小皿に載せていく。

「なんでって、理由なんかあるかいな。辞めたいから、辞めた。それだけのことや」

「ふーん。そういうもんなんかなぁ」

いつの間にか、絵里子も、郷里の言葉にもどっている。

「それから、神戸から、大阪に出た。大阪は天王寺《てんのうじ》にある菱《ひし》の代紋にお世話になることになった」

「菱の代紋って?」

「菱の代紋、知らんのか。ま、そういうこと知ることもないけどな。菱形の代紋をした山口組のことや」

「へーえ……」

「その傘下の組の特攻隊の一員として、ならしたもんや。特攻隊時代は、名うての暴れ者やった。他の組員にも、一目《いちもく》置かれる存在やった。ヤンチャやったんや、昔は、おれもな」

「ヤンチャて、なに。かわいいの」

「おまえ、ちょっと、ここ足りないの」

山口は、頭を指さしてあきれて見せた。

「ヤンチャいうたら、みんなに一目置かれる恐ろしいやつということや。睨《にら》みがきく、ともいう」

「どんな恐ろしいこと、するん？」

「いろいろあるよ。ちょっと待て。おまえ、こんなこと聞いて、なんともないんか。寝た男が、元ヤクザとも知らずに」

「うん、イイもん。いま好きな人が、わたしのすべてやから」

「そうか。変わったやっちゃな。そりゃま、いろいろするわいな。一回は、おれを狙《ねら》って敵対する組のもんが、十人近くおれを取り囲んだ。ビール瓶の割ったので、おれのここ、ここや、ここ見てみ」

山口は、絵里子の指をとり、左の目尻と顳顬《こめかみ》の間を触らせた。

「わぁ、びっくりした。コブみたいになってる」

「ここが、パカーンと割れたんや。血がブワーッと噴き出して、大騒ぎになった。パトカーが飛んできた。その前にうちの組のもんが、五百人くらいいっぺんに飛んできよった。『山口がやられた！』と聞いたやつがの。相手の指、その場でポンポンポーンとはねよった。小指が、コロンコロンと転がった。アッという間やったよ」

山口は、平然と笑いながらしゃべる。

絵里子は、血の気が引いていった。

「山ちゃん、怖い人なんやねえ。知らなかった……」

「ほうよ。おれは、なんしか、いろんなことやってきたからの。ふつうのことじゃ、おどろかんよ」

「でも、山ちゃん、だぁい好き」

絵里子は、そういって、山口の指をいじった。彼女の湿った指の感触がなんともいえない。

大きな指と、絵里子の細長い指がからまって遊んだ。

絵里子の眼は、潤んだまま、山口をじっと見つめている。

「山ちゃん、わたしのこと、好き?」

「おお、何回もいわすな。恥ずかしい」

お好み焼きの女将《おかみ》が、そろそろ看板、と告げた。

3

いっぽう絵里子は、つとめている春川医院を毎日少し脱けだし、同棲している佐野のために洗濯や夕食の買い物をし、晩御飯の仕度もした。

佐野とは、いまの病院につとめはじめて二年目の冬、彼が急性アルコール中毒で心臓マッサージが必要ということで彼のアパートに出かけて知りあった。

絵里子の方が惚《ほ》れて、自分から押しかけて同棲していた。

が、煮えきらない、いいたいこともろくろく口に出していえない佐野に、物足りなさを感じていた。

そのうえ、いつまでも籍を入れてくれない。

絵里子の心は、すでに山口にあった。

佐野に山口との関係を知られたくないのは、ウジウジネチネチといわれるのが嫌なためである。

が、佐野にだって、いずればれる。

しかし、絵里子は、いいわけを用意しなかった。

ばれたらそのときのことだ。いいわけを用意しなくてもいい男だとおもっていた。

絵里子は、毎日のように山口の寮の前でじっと彼の帰りを待つようになった。「ポールスター」の閉店は、十時四十五分。絵里子は、朝十一時から夜の七時までが勤務時間だ。

絵里子は、山口に、自分の過去の秘密を打ち明けた。

十七歳のとき結婚し、十八歳のときに女の子を産んだ。

その後別れ、子供は、夫が引き取っていることを。

山口は、行きつけの飲み屋「ラーメン百番」にも絵里子を誘った。

「おれの行きつけの飲み屋がある。そこは、変わった店でな。ラーメンとホルモンと両方やっとるんや。はたらきもんのオバハンが、朝の五時までやっとるんよ。ふたりで飲んで食べても、二千円ちょっとや。安いやろ」

「わぁ、うれしい。わたし、ホルモンなんて食べるの久しぶり。連れてって、連れてってえ」

「なんや、おまえ、子供みたいやの。ほんまに、おもろいやっちゃ」

のれんをくぐると、右手にカウンターがある。

その中で、ママと若い男の従業員が気ぜわしく働いていた。

働いているというより、走りまわっていた。そのくらい混んでいた。腹を空かせた近所の飲食店や飲み屋の経営者たちが、看板の後、お客を連れて「ラーメン百番」になだれこむのだ。

「ああ、山ちゃん、こんにちは。今日はおふたり？　どうぞ、こちらへ」

山口は、ママにいわれるままカウンターの一番奥、テレビの真下の席に絵里子を座らせた。

山口は、その隣に座った。

絵里子が、ママを、チラッと見た。

ママは、ふたりは出来ていることを直感した。

〈ずいぶん若い子だこと。山ちゃん、どこで見つけてきたんだろう。まるで親子みたい〉

じっさい三十二歳の年齢にしては、絵里子は、幼く見えた。七歳くらいは、若く見えた。

逆に、山口は、四十一歳なのに、五十歳近くにも老けて見える。親子とおもわれても不思議はない。

山口も、絵里子も、ママの前では、恋人気どりをしなかった。

「ママ、石毛絵里子さんな。おれのガールフレンド」

ママは、よっぽど冷やかしてやろうとおもった。

が、いつもとちがい、馬鹿をいってはいるが、山口の眼は妙に真剣だ。

〈あっ、これは、山ちゃんマジだ。惚れてるんだわ〉

こんなに幸福そうな山口の顔を見るのは、初めてであった。

絵里子が、ママとあいさつをかわすとき、それからママとおしゃべりをするとき、どんなときでも、じっと絵里子の話をニコニコしながら聞いている。

「ママさん、あたし、ホルモン二人前ください。それにレバと、砂肝ニンニク、それからハンペンのカレー風味っていうの。それに……」

「そんなに食べられないぞ。やめとけよ」

「あらっ、痩《や》せの大食いっていうんですもん。ね、ママさん」

そういって、うふふと笑った。

ママは、仕事柄、お客の様子をじっと観察するのが習慣となっている。

そのシナをつくるというのでもない、天然性のものらしい媚《こび》は、なんなんだろう、と考えた。

山口が、おそらく彼女に翻弄《ほんろう》されるであろうことを考えると、少し眉《まゆ》を曇らせ、山口に同情的になった。

ママの不安は、のちに現実のものとなる……。

絵里子は、山口の寮にも堂々と姿を見せるようになった。

パチンコ店員の寮には、女の出入りは、御法度である。「ポールスター」でも、女を連れ込んで泊まらせることは、厳しく禁じられていた。

ところが、絵里子は、公然と泊まるようになった。

「寂しい、寂しい。山ちゃんと離れているのが怖くて、寂しくて、たまらない……」

そういって、山口の男臭い布団にもぐりこんだ。

彼女は、山口のパジャマをはぎ取るようにして、全裸にした。

自分も全裸になり、自分の方から山口を愛撫《あいぶ》した。

褐色の山口の背に、彩りゆたかな昇り龍《りゅう》の入れ墨が、まるで生きているように躍っていた。

入れ墨に唇を這《は》わし、両手で背中を愛撫した。いつの間にか、山口の入れ墨を見ると、よけいに昂まるようになっていた。

体の中の淫蕩《いんとう》な血が、騒ぐ。

「あなた……わたしを離さないでね……」

絵里子の両親は、絵里子をもうけてすぐ、母方の伯母に預けた。両親の顔も知らず、愛情も受けずに育っていた。それゆえに、よけいに愛情に飢えていた。

絵里子は、ときには、山口の寮の部屋から「春川医院」に出勤するようになった。

見かねて、寮の班長が注意した。

「山口、駄目じゃないか。ちゃんと規則は守らないと」

「なにいってんですか。男だから、女が欲しいのは、当たり前じゃないですか。当たり前のこととして、なにが悪いんじゃ。ええッ！」

「おまえみたいな器用なやつばかりじゃないんだ。他のやつらは、真面目に働いてちゃんと規則を守ってる。なんで、おまえだけ、例外を認めないといけないんだ」

その場は、なんとかおさまった。しかし、悪印象を残してしまった。

あまりにも度がすぎるので、店長が注意しに来た。

「本当に、どういうつもりなんだ。おまえ、クビにしてもいいんだぞ」

山口は、開き直った。

「ああ、クビにしてくれ。こんなとこ、こっちから願い下げじゃ」

山口は、絵里子のために、「ポールスター」をクビになった。

「ポールスター」では、山口のように乱暴者で、規則を守らない人間もめずらしかった。

なにしろ、お客であろうが、従業員であろうが、気にくわなければ、手が出るのだ。

一度などは、店の前で、立ち小便をしている酔っぱらいの顔をバスケットボールのようにしてしまった。

膨れあがって眼もつぶれそうになっている酔っぱらいが、怖がって、飛んできた警察に被害を訴えなかったため、事件にはいたらなかった。

が、なにをするかわからない男だという印象は、しっかり植えつけられたのだ。そうなると、だれも止めるものがいない。その邪魔者が、自分から出ていくといったのだ。店にとっては、ヤレヤレであった。

これだけの揉《も》め事を起こせば、クビにならない方が不思議だった。山口は、わずか一年で「ポールスター」をクビになった。

「ポールスター」はクビになったが、山口は、高をくくっていた。

〈また、振り出しだ。なぁに、なんとかなるがな……〉

二種免許を持っていた。ダンプカーの運転手、タクシーの運転手、どうでも潰《つぶ》しはきく。それに、いまは、絵里子がいてくれるではないか。

寮を追い出された山口は、住む場所もなくなった。

そのため、足立区六町《ろくちょう》四丁目の「香山荘《かやま》」に移った。

六畳、三畳の台所、風呂《ふろ》つきで、家賃は、四万二千円であった。

蓄えはなかった。絵里子とのデートに使い切っていた。

敷金、権利金、不動産手数料、合わせて二十一万円が飛んだ。

ほとんどを、絵里子が負担した。絵里子の貯金も、底をついた。

絵里子は、しかたなく、足立区青井にいっしょに住んでいる佐野に適当な嘘をいって金を借りた。新しい男のためとは、口が避けてもいえなかった。

山口も、女にだけは、養ってもらいたくなかった。男の面子《メンツ》にかけても出来ない。

近くのダンボールメーカーにダンプカーの運転手としてもぐりこんだ。

ところが、入った初日に、ダンボールをつくる機械に左手の甲をはさみ、筋が断裂した。

大手術となった。三カ月の入院を余儀なくされた。

そのうち、山口にとっておもってもいなかった事態が沸き起こった。

絵里子は、最初のうちは、かいがいしく見舞いに来てくれた。

しかし、医院の仕事もある。毎日だったのが、二日おきになり、三日おきになった。

ついには、一週間も来ない日があった。

山口は、疑った。

〈ひょっとして……〉

4

山口と同じ「ポールスター」に同期で入った峰英雄《みねひでお》がいた。

絵里子は、好きなパチンコに通ううち、なんとなく峰に愚痴をこぼすようになった。

「あの人、わたしには、とても優しいの。それなのに、自分の体のことになると、どうしてあんなに自棄《やけ》みたいになるのかしら。今回の場合は、事故だからまだいいんだけど、肝臓だってよくないし、血圧だって高い。夜眠れないって、いつもいうの。だから、血圧降下剤を注射してあげるんです。わたし、もうどうしていいかわからない」

心配しているうちはまだよかった。

だんだん山口の傷が癒《い》え、快方に向かうと、今度は山口の帰りを待ちきれなくなってきた。

からだの方も疼《うず》いて疼いてたまらなくなった。

早く、山口が欲しかった。欲しくて、欲しくて気が狂いそうになった。

〈山ちゃん、早く帰って来て……わたし、悪いことをしそう……〉

絵里子は、熱く火照るからだの持っていき場所をなくした。

峰は、カラオケボックスに絵里子を誘った。

ビールを飲み、歌いあった。

そのうち、絵里子のミニスカートに右手をしのばせた。

絵里子は、峰の右手をにぎり押さえた。

「山口さんに、悪いわ……」

「ふたりが口をつぐんでいれば、わかりはしないさ」

峰の右手が、ミニスカートの奥にしのびこんだ。

太腿を妖しく撫でながら、奥にすすむ。

「だめよ……」

絵里子は、やはり峰の右手を持ち、制した。

「駄目よ、駄目……」

が、絵里子の手に力は入っていない。

峰の右手は、奥に奥にすすむ。

太腿の間のふくらみを、人差し指がそっと突いた。

「あン……」

絵里子は、声をあげた。

峰の人差指は、絵里子のクリットのあたりを妖しく撫であげた。

「だめよ、駄目……」

しかし、口とは逆で、峰の右手を制する手には、まったく力がぬけていた。

絵里子は、いった。

「あなた、山口にどんなに問い詰められても、絶対にいわない覚悟がある？　あのひと、怖いひとよ……」

「ああ。絵里子さんが不利になることなど、死んだってしゃべりはしないさ」

峰の人差指は、自由自在に動きはじめた。

クリットのまわりをまわすように撫でては、妖しく突いた。

「あン……」

絵里子は、唇をわななかせる。

峰の人差指は、パンティストッキングとパンティを通し、ジットリと濡れてくる。

そのうち、ふるえる声でいった。

「だめ……わたし、そこ、特に弱いの……」

峰は、パンティストッキングとパンティに手をかけた。

峰は、にんまりとした。絵里子が尻を少し浮かせるようにしたためだ。彼女は、脱ぎやすいようにしたのだ。

峰は、パンティストッキングとパンティを一気に脱がした。

絵里子は、いった。

「暗くして……」

峰は、ソファーから立ち上がり、入口の明かり調整で少し暗くした。

絵里子は、峰のズボンのジッパーを、もどかしそうに下ろした。

「欲しかったの……」

ブリーフから、峰のそれを剝き出した。青筋を立て、いきり立っている。

「わたし、男のひとのこれなくては、生きていけないの。苦しいの……」

入口に背をむけるようにして、峰のそれを口にふくんだ。

むさぼるようにしゃぶりはじめた。

峰は、絵里子にしゃぶられながら、マイクをにぎり森進一の「冬のリヴィエラ」を歌いつづけた。プロの歌手まがいのうまさであった。

が、途中、絵里子の濡れたあまりにすばらしい舌づかいに声がふるえ、調子が外れた。

峰は、やがて、ソファーの上に、彼女を獣のように膝をつかせた。

入口からは峰が背になるようにした。彼女のミニスカートから剝き出たつるつる光る尻を割るようにして、青筋の浮き立つそれを花弁に突き入れた。

「あン……」

絵里子は、尻を大きくゆすった。

「素敵よ。突いて……」

峰は、突きつづけた。

絵里子は、尻をさらにゆすってもだえた。

「狂わせて……わたしに、なにもかも忘れさせて……」

ふたりがのぼりつめたあと、峰はわれに帰った。

「おれも、絶対しゃべらんからな。おまえも、おれたちのことはしゃべるんじゃないぞ……」

「いいわ。ふたりだけの秘密よ……」

が、絵里子と峰との関係が、やがて山口の耳に入ってしまった。

峰も、山口に気づかれた気配を察した。

相手は、元ヤクザだ。殺されるかもしれない。

峰は、姿をくらました。

が、山口は、退院すると、峰を半狂乱になって探しまわった。

ついにある夜、近くの運動公園を鼻唄《はなうた》まじりで歩いている峰を見つけた。

「この腐れ外道《げどう》めがぁ！　ただですむと、おもうなよ」

山口は、半端に痛めるつもりなどなかった。

本当に、ぶち殺すつもりだった。

峰は、顔を引きつらせて謝った。

「悪かった。許してくれ。悪気は、なかったんだ」

「おれの女に手出しして、悪さして、生きておれるとおもうな」

「本当に、すみません。この通りだ」

山口は、前後の見境がなくなっていた。

殴って、殴って、殴りつけた。

鼻血が出て、顔は血みどろだ。

鳩尾《みずおち》に、蹴《け》りも入れた。

峰は、痛みのため転げまわった。

山口は、それでも容赦しなかった。

「おれの絵里子に、手を出しやがって！」

ドスッ、ドスッと鈍い音がした。

峰は、ついにぐったりと動かなくなった。

止《とど》めの一発の蹴りを入れようとした。そこに「ポールスター」の従業員仲間や近所の人がやってきて、止めに入った。

もし、一瞬遅ければ、完全に死んでいただろう、とおもわれる大怪我《おおけが》であった。

だが、山口は、どうにも腸《はらわた》が煮えくりかえってたまらなかった。

すると、峰が、自分の方から申し出た。

「ここに、三十万ある。これで、勘弁してくれ」

「おう、わかった。ええか。今度手出ししたら、たとえ絵里子の方からおまえを誘ったとしても、おまえを殺すからな」

「わ、わかったよ」

そのあと山口が絵里子に会うと、絵里子は、神妙にうなだれたままだ。

「許してもらおうとは、おもわない。山ちゃん、わたし駄目な女なの。わたしを殺して。山ちゃんに殺されるのなら、本望だわ……」

「もうええ、なんもいうな。すんだことや。あいつを半殺しにして、すんだことや」

絵里子には、どこまでも優しい山口であった。

だれに対しても、カッとなると手がつけられないほど狂暴であった。が、女性にだけは、手を上げなかった。その掟《おきて》だけは、守ってきた。

女は、優しくて、か弱くて、ひたすらかわいい生き物だ。山口は、そうおもっていた。

山口は、退院しても、当分運転は出来なかった。峰の「慰謝料」の三十万円で、少しは息をついた。

が、すぐに生活苦にあえぐことになった。

山口は、必死に頼みこんだ。

「右手だけでも運転出来る自信がある。なんとかお願いします……」

山口の熱意に折れ、社長は、雇ってくれた。

だが、旧式のオンボロダンプだ。パワーステアリングではない。

そのため、右手だけでの運転は無理だった。

無理をして怪我をした左手を使った。ボルトが入ったままで、そのボルトが肉を破り、血まみれになった。

香山荘の部屋に帰ると、のたうちまわった。

「痛い、痛い、痛い。絵里子、なんとかしてくれ……」

絵里子は、涙が出た。もとはといえば、自分のために無理をし、怪我をしたのだ。

絵里子は、「春川医院」から黙って痛み止めの薬を失敬した。

「ちょっと、お借りします」

後で返すつもりだった。

すぐ下りるとおもっていた労災保険金は、手間取った。金が、本当に百円ちょっとしかない事態におちいった。

カップラーメンをふたりですするような生活がつづいた。

山口は、しかたないので、「ラーメン百番」のママに泣きついた。

「ママ、頼む。後生だ。このとおりや。金貸してください。かならず、返すから」

三万円借りた。

なんとか、息をつくことが出来た。

しかし、すぐに金は底をついた。

頼みは、絵里子の給料の十五万円のみとなった。

四万二千円の家賃を払う。いまだいっしょに暮らしている佐野には内緒で、山口とつきあっているから、佐野といっしょに住んでいるアパートの半分の三万円は負担しなければならない。

ママに借りた借金の返済もある。

ふたりの生活費を引くと、まったくといっていいほど残らない。

そこで、またママに金を借りた。

「いいよ、理由は訊かない。ちゃんと返してくれさえすれば」

ママは、山口を信用しきっていた。

〈乱暴者で、どうしようもない男だけど、筋道だけは通す男だ〉

5

労災保険金が下りたのは、怪我をしてから八カ月後であった。六百七十万円という、山口にしてみれば、夢のような金であった。山口と絵里子は、方々に借りていた借金を返した。

心が有頂天になっていたので、灰色のトヨタのクラウンの新車をフル装備で買った。六百万円だった。

クラウンに乗って、絵里子の指輪を買いに行った。

金のリングで、赤い石が嵌《は》めてあった。絵里子は、うれしくてならなかった。

〈わたし、佐野とつきあってるとき、こんなもの買ってもらったことない。うれしい……〉

が、ふたりの幸福をぶち壊しそうなことが起きた。

こともあろうに、ふたりの〝愛の箱〟として買ったはずのクラウンに、翡翠《ひすい》のイヤリングが落ちていたのだ。

絵里子は、そのイヤリングを見つけて、顔色を変えた。女夜叉《やしゃ》のような形相になり、山口の首を締めつけ、迫った。

「わたし以外の女と、よくもこの車を……」

「いや、ただちょっと乗せただけや」

「ちょっと乗せたくらいで、イヤリングが落ちはしないわ。車の中で、抱きあったにちがいないわ」

絵里子は、山口の首をグイグイと締めつけた。

「く、苦しい……お、おれを殺す気か……」

山口は、シラを切りとおしたが、絵里子は許さない。

「このイヤリングの女を、ここに連れてきなさい。ふたりきりで会い、問い詰める」

絵里子は、その女とふたりきりで、山口の部屋で会った。

絵里子よりはるかに若い。二十二、三歳か。小麦色の野性的な女豹《めひょう》を思わせる女だ。

絵里子は、よけいに腹が立った。

〈この若い女と、わたしたちの車の中で、抱きあったにちがいない……〉

絵里子の脳裏に、山口とその女のからむ妄想のシーンが浮かんだ。

山口が、その女のミニスカートをまくり、パンティまでずりおろして尻を剝き出しにする。

膝の上に乗せて突きあげながらかわいがる姿が、くっきりと浮かぶ。怒りに狂いそうであった。

その女は、さらに絵里子の怒りの炎に油をそそぐことを口にした。

「わたし、山口さんが好きです！」

「なにィ……」

絵里子は、髪の毛がいっせいに逆立つような怒りにふるえた。

〈山ちゃんを、殺してやりたい……〉

その二日後のことであった。ちょうどその朝、山口は風邪気味だった。絵里子に訴えた。

「調子が悪い」

「じゃ、いい薬があるわよ。飲んでいけば」

絵里子は、山口に、薬をわたした。

ところが、山口がいつものようにクラウンに乗り、大通りに出るとすぐに、とんでもなくハイな状態に陥った。

〈この風邪薬、それにしても、よく効くなぁ……〉

覚醒剤《かくせいざい》の症状とでもいおうか。

〈まさか、そんなことが……〉

そうおもったとたん、対向車二台が襲いかかってきた。衝突したのである。

〈死ぬ……〉

が、山口は、大した怪我でなくてすんだ。

買ったばかりのクラウンは、ほとんど形をなさないくらいに壊れてしまった。

これでお陀仏《だぶつ》だと覚悟した。

ただし、その修理代で、労災保険で入った金は、すっかり使いきってしまった。

山口は、また一文なしになった。

山口は、また「ラーメン百番」のママさんを頼った。

「ママ、ほんとに申し訳ない。少しでええんや。貸してくれませんか」

ママは、さすがにあきれはてた。

「あんたたち、なにしてんのよ。もうちょっと、ちゃんと考えなさいよ。そうしないと、金は貸せないよ。悪いけど」

「そうやな。申し訳ない」

　山口は、ふっと遠くを見るような目つきになった。

「ママ、おれ、ひょっとして、あいつに殺されかけたんとちがうやろか……」

「なに、馬鹿なこといってんのよ。そんなことするわけないじゃない。あんなに惚れてんだから」

「いやぁ、あいつにもらった薬を飲むと覚醒剤打ったのと同じような感じになったのや。ちょっと、ふつうの状態じゃないんよ」

「まさか……」

　ママは、おもった。

〈いったい、この人たちは、どうなってんだろう……〉

　絵里子は、その事故のあと、山口に迫った。

「あんたというひとは……あの子に好き、といったのね……」

「いや、たしかに、彼女は、おれが好き、とはいった。けど、おれは彼女に好き、とはいわん。彼女が、勝手に、おれを好きとおもいこんでいるだけなんや。遊びや、遊び。たまたま飲み屋で知りあって、一度ドライブしただけや」

「もし、それが本音なら、あの女に、はっきりと、愛していない、といいなさい」

「わかった。いうよ」

「ただし、あの女にそういったあと、あの女だけ、この部屋に来るようにして。わたしが直接確かめないと、あなた嘘をつくかもしれないでしょう」

「おまえは、しつこいやつやな……」

絵里子は、その女と山口とが会ったあと、山口の部屋で、その女と会った。

女は、前に会ったときとは別人のようにがっくりとしていた。

絵里子は、女に確認した。

「山口は、あなたのこと、好きじゃない、といったのね」

女は、うつむいていった。

「はい……」

絵里子は、ニヤリとした。

〈山口が、わたしから離れるときは、本当に殺すわ……〉

山口は、平成三年十二月十日、住んでいた六町のアパートを引き払い、新たに足立区一ツ家六丁目の「鈴本荘《すずもと》」に越してきていた。

そのころ、絵里子の妊娠がわかった。

「どうしよう、ヤマちゃん。うち、子供は、こりごりや。育てていく自信がない」

「なにいうとるんや。産んだらええやないか。おれとおまえの子供やないか」

「いや、絶対に、いや……」

どうしても、うなずかない。

子供が欲しくてたまらない山口は、「ラーメン百番」のママに相談した。

「どうしても、いやだというんや」

「そりゃ、そうだろうよ。子供が子供を産むんだからさ」

「そういうなよ」

絵里子は、このころ初めて、山口に佐野との生活を打ち明けた。

「わたしね、じつは、別のひととといっしょに暮らしているの」

山口は、おどろいた。

「まさか……」

信じられなかった。

「おまえ、おれとあんなにいっしょにいたやないか」

「ええ、でも……」

「それにしては、よくも、イヤリングの女のことで、おれをとがめることができたな
……」

絵里子は、哀しそうに佐野とのことを口にした。

「でも、あのひととといっしょでも、自分の場所がないの。あの人も、自分の場所がな

いんだとおもう。いずれ、きちんと話をして出ていこうとおもってる。でも、そのときは、山ちゃん、ちゃんと佐野と話をしてくれる。いい？」

絵里子は、媚び甘えた。

山口も、ついそれ以上、怒る気にはなれなかった。

「いいよ。いつでも、会うたるよ」

そのうちしばらくすると、絵里子は、完全に佐野のもとに帰らなくなった。

さすがの佐野も、感づいた。

「おい、どこに行ってるんだ。いつもいつも遅くまで……」

「だから、夜勤が多いのよ」

「嘘つけ。夜勤に酒を飲むわけないだろうが。だれと、飲んでるんだ」

「いいでしょ、だれとでも。あたしだって、飲みたくなるときがあるわよ」

「ふん、勝手にしろ」

佐野は、それ以上は追及しない。いや出来ないのだ。

佐野は、そのまま、プイッと酒を飲みに出かけてしまう。

〈意気地のない男……〉

本当は、佐野は、絵里子と山口を取り合った例のイヤリングの女から、告げ口されていたのだ。

「あんた、いっしょに暮らしている絵里子って女は、だれとつきあってるか知ってるの。山口という、どうしようもないやくざもんなんだよ」

佐野は、やっぱりかという気持ちの反面、この女が、どうしてそんなことをおれにいいに来るのか、という疑問が拭《ぬぐ》えなかった。

絵里子は、佐野の行く飲み屋は、だいたい知っていた。

そのため、最初は、山口とのデート現場を見られないように用心して佐野のレパートリーの店は、避けていた。

ところが、もう佐野にも遠慮しなくなった。山口の愛情が確認出来たからである。

6

絵里子と山口のふたりに、やっと平穏が訪れようとしていた。

山口は、いわれたとおり、佐野に会いに行った。

たしかに、絵里子に聞いていたとおり、チョビ髭《ひげ》をはやした堀内孝雄に似た男だった。

堀内よりは、もっといい男だとおもった。絵里子より一歳年下だというが、年より若く見えた。

佐野は、なにもいわないで、山口のいうことを黙って聞いていた。

山口は、やくざ時代のように怖い眼になりすごんだ。

「それじゃ、そういうことやから、絵里子とおれとは、いっしょに暮らすことにする」

その場は、それで一応は、おさまった。

しかし、それから二転三転する。

佐野が、突然、絵里子に対して申し出てきたのである。

「はっきり籍を入れる。結婚しよう」

だが、この佐野の、いまになっての申し出を知った郷里の絵里子の育ての親の伯母が、反対した。

伯母は、男としてはっきりケジメをつけなくてはいけない場面で、なにもいうことが出来ずに、後で未練たらしく形をととのえようとする男を嫌っていた。

乱暴者かも知れないが、絵里子のことを真剣におもってくれる山口の方が、はるかに男としてはまっとうだろう、と理解したのだ。

佐野の両親も交えて話し合った。

が、結婚話は壊れた。

絵里子は、それこそ着のみ着のままで、山口のアパートに引っ越してきた。平成六年八月のことである。

絵里子は、山口と結婚する気になっていた。結婚という二文字は、最初に結婚に失敗していた手前、なにか重い軛《くびき》のようなものじゃないかとおもった時期もあった。が、こうして自分を真底惚れこんでくれている山口という男がいるかとおもうと、うれしかった。

山口は、そのころ、北千住のターミナルで懐かしい友人とばったり会った。

「おい、おまえ、なにしてんだ。元気なのか。奥さんとか子供は、どうしたんだ」

「いやぁ、別れたよ。いま、タクシーの運転手してるよ」

その友人は、山口に対して、一番はっきりものをいってくれた人間であった。

山口は、包みかくさず本当のことを打ち明けた。

「今度、ひょっとしたら結婚するかもしれんのや」

「そうか。そりゃよかったな」

懐かしさのあまり、山口は、友人にいった。

「おい、どこか、ふたりで、のんびり旅行でもせえへんか」

「いいな、よし」

さっそく、話がまとまった。

山口は、旅支度をした。

まだ絵里子は、病院から帰っていなかった。

書き置きをすることにした。

『絵里子へ　一カ月ほど、友達と旅に出る』

山口は、絵里子に直接佐野とのことを責めはしなかった。

これが相手が男で、信義を裏切られていたら、殺していたろう。が、女には、手をあげることはしない。しかし、自分と抱きあっていながら、佐野とも別れないでいっしょに調子よく住んでいたことは、さすがに衝撃であった。

いまとなってみれば、絵里子が妊娠したとき、あれほど産めとすすめたのに、どうしてもおろすといったのも、妊娠した子供がはたして佐野の子か、おれの子かはっきりとわからなかったにちがいない、と思った。

自分もイヤリングの女とのことがあったから、それほど絵里子を責める資格はなかったが、やはり衝撃に変わりはなかった。

ここで、絵里子にお灸《きゆう》を据えるためにも、一カ月ほど旅に出る間、あえて彼女に連絡を入れないことにした。

その書き置きを見た絵里子は、髪の毛が抜け落ちるかとおもうほどの衝撃を受けた。

〈山ちゃん、いったい、どこへ行っちゃったの。これから結婚しようというわたしひとり置いてけぼりにして、どこに行こうっていうのよ……〉

最初は、単純に昔の男友達と行ったのだと信じた。

それにしても、わたしもいっしょに連れてってくれてもよかったではないか、ともった。

しかし、夜になり、山口のいない寂しさが募るにつれ、あらぬ妄念がふつふつと湧《わ》き起こってきた。

〈ひょっとして、あのイヤリングの女と、いっしょに行ったのでは……〉

一度別れさせた女と、よりをもどしたのかも知れない。

そういう疑いが鎌首《かまくび》をもたげると、もはや確信にまでなった。

〈絶対、そうにちがいない。いつだって、ちゃんとわたしにいってくれていたんだもの。いつだって、わたしの親身になって考えてくれていたんだもの。それを、行き先も告げず一カ月も旅に出るとは……〉

妄念は、邪念となって絵里子の心に渦巻いた。

〈よおし、そっちがその気なら、あたしだって、無茶苦茶してやる〉

絵里子は、よく行くカラオケスナックでウィスキーのストレートをあおった。

眼が、トロンとなってきた。

〈もう、知らない……どうにでもなれ〉

大好きな堀内孝雄の平成二年の大ヒット曲「恋唄綴り」が、耳鳴りのように聞こえた。

ああ夢はぐれ　恋はぐれ
飲めば　飲むほど　淋しいくせに
あんた　どこにいるの
あんた　逢いたいよ

カラオケマイクを取り、自分で歌った。

悲しみにひたりたいときは、いつも歌った。心の底までしみいるような歌であった。

ちょうどそのスナックで飲んでいた顔見知りのお客を、誘った。

「ねえ、肩もんであげよっか」

「おお、優しいいね、絵里子ちゃん。でも、こんなとこ彼氏が見たら、怒られるんじゃないかな。おれ、やだよ」

「いいんだ、あんなやつ。どこへでも、行っちゃえばいいんだ。どっか、連れてってぇ」

黒いモヘアの胸ぐりの大きなセーターから、たわわに揺れる乳房がまぶしい。

尻にピタリと吸いつくようなナイロン素材の光る黒のミニスカートからは、やはり黒のナイロンストッキングに包まれた形のいいなまめかしい脚がのぞいていた。

エナメルに金のリボンのついたパンプスの片一方が脱げた拍子に、重心をくずした。ソファーに転がるように倒れこんだ。

太腿の奥深く、ブルーブラックのパンティが店の薄暗いランプの下で妖しくゆれた。

男は、絵里子の肩を抱くようにして店を出た。

二軒目で、ばったりと、「ラーメン百番」のママに出会った。

ママは、一瞬額をくもらせた。男に向かって、単刀直入に切りつけた。

「絵里ちゃんなんかと、つき合うんじゃないよ。あんた」

絵里子は、キッとママを睨みつけ、男を置いて出ていった。

〈なにょ、ちくしょう！　だれも、なにもわかっちゃいない、わたしのことなんか……山ちゃん、逢いたいよう、淋しいよう、死にたいよう。早く帰ってきて……〉

昼間の病院の仕事は、ほうけたような状態でやりすごした。

夜になると、絵里子は、ふらふらと盛り場をほっつき歩いた。

野良猫《のら》よりもみじめな境遇だ。涙も出なかった。

上野にも行った。

渋谷にも行った。

渋谷では、自分の郷里に置いてきた娘くらいの子供たちが、ナンパに明けくれていた。

絵里子は、かれらの中に混じってみて、はじめて、みずからの三十七歳という年齢を意識した。

せつなくなって、山手線に乗った。

電車のホームにへたりこみ、しくしくと泣いた。

からだの中の底知れない沼のような悲しみが疼いた。

〈だれか、わたしを慰めてくれないかな……〉

ふらふらと渋谷から地下鉄銀座線に乗り、浅草まで来た。

7

雑踏にまぎれこんでいるうち、パチンコ店の看板が眼に飛びこんだ。

パチンコ台にへばりついた。

音が、うるさい。うるさいほど悲しみが薄らいでくれるかとおもった。

が、逆であった。また山口のことをおもいだしてしまった。

そのとき、隣の台に挑んでいた青年が、玉が切れたため、帰ろうとしていた。

しかし、ジッと絵里子の方を見ていた。

「なに、玉終わっちゃったの？　あげようか。わたし、もうしたくない」

玉を渡すと、にっこり微笑《ほほえ》んだ。

「ありかとうこさいます」

どちらからともなく話し始めた。

韓国から観光ビザで日本に来ているという。安永宣と名乗った。

カタコトの日本語から聞こえた範囲では、安は、アルバイトでコック見習いをしているのだ、といった。それも、足立区の一ツ家の近くだという。

「じゃ、行きましょう。わたしが、奢《おご》ってあげる」

安は、うれしそうについてきた。

日本に来て、まだ友達もあまりいないようだ。二十五歳だという。

また、行きつけのカラオケスナックに行った。

最近のカラオケには、ハングルで書かれた歌詞もある。

安は、ハングル語と日本語と交互に歌った。

絵里子は、いままで山口や佐野と歌いに来たときには、あまり歌ったことのない「カスマプゲ」を歌った。

安は、そのうち、酒の酔いもあってか、だんだん、絵里子のからだに触れてきた。

それも、ひどく優しく触る。

絵里子は、いつものようにミニスカートをはいていたが、その太腿の奥の方まで手をすべりこませてくる。

「あっ、待って。次、わたしだわ」

絵里子は、安の手をするりとかわすと、やはり韓国の唄「釜山《プサン》港へ帰れ」を歌った。

「ねえ、原語で歌って。ねえ、わたしにも教えてよ」

安は、その日、絵里子のアパートに泊まった。

安は、絵里子の服をやさしく脱がせ、全裸にした。

韓国に妓生《キーセン》遊びに行った人の話を聞くと、妓生たちは、男性にかしずき、いたれり尽くせりだという。絵里子は、その話から、韓国の男性は、女性に尽くさせるだけで、自ら尽くすことはあるまい、と勝手におもいこんでいた。

が、安は、まるでちがっていた。絵里子にかしずき、足の指から頭の先までやさしくやさしくなめつづけた。

とくに花弁は、やさしくなめてくれる。

山口にはない、やさしさであった。

彼の口の中で、絵里子のやわらかい花弁が、妖しく開いたり閉じたりする。まるで水中花のようであった。

「あぁ……」

花弁が開いたり閉じたりするたびに、気が狂いそうなほど感じる。

絵里子は、ちぢれ気味のかれの髪の毛に手を突っこみ、まさぐりながら、うっとりしつづけた。

彼は、激しい音をたてて、花弁の奥の愛液を吸いつづける。

絵里子にも信じられないほど、花弁の奥からあふれ出つづける。

「すてきよ。そう、そう、あたしのお露、ぜんぶ、吸いとって……」

安は、それからというもの、闇夜《やみよ》に乗じて、絵里子のアパートを頻繁に訪ねてくるようになった。

絵里子は、ハングルで、安にラブレターを書きはじめた。

なかなか、おぼえられない。ハングル文字は、日本の字とまったくちがう積木を積み重ねたような字体だ。

絵里子は、一所懸命勉強した。

九月に入り、うだるような残暑のころ、突然山口が帰ってきた。

「山ちゃん、どこへ行ってたのよう。さがしたんだから……」

絵里子は、山口に飛びついた。

涙が、ドッとあふれ出た。

絵里子は、山口のシャツを脱がせ、背中をあらわにした。

汗に濡れた褐色の肌が、剝き出された。

そこには、あざやかに彩色された昇り龍の入れ墨が躍っている。

絵里子は、その入れ墨に唇を這わせながら、ささやいた。

「山ちゃんの龍、なめたかったの……あぁ、欲しかったの……龍、感じるの。昂ぶるの……」

昇り龍の眼までなめながら、うれし泣きした。

山口は、おどろいた声をあげた。

「どうした。なんで、泣いとるんや……」

「馬鹿！　馬鹿！　馬鹿！　馬鹿！　山ちゃんの馬鹿ぁ！」

山口は、背をなめられながら、テーブルの上にある書きかけの便箋《びんせん》を見た。

見慣れないハングル文字が、躍っている。

「これ、なんや。だれか、来たンか」

山口は、ふりかえった。山口の顔は、こういうときは、凄みを増すのだ。

絵里子は、一瞬、殴り殺されるのでは、とおもった。

韓国の青年のことがバレたのでは、とおもった。

とっさに、いいつくろった。

「あっ、わたし勉強してるのよ。ほら、山チャンがいなくなって、寂しくて死にそうだったんだからね。だから、なにかしてると、寂しくないとおもったの、山ちゃんが悪いんだからね」

絵里子は、山口を誘った。

「ねえ、カラオケ連れてって。久しぶりに歌おう」

「よっしゃ」

山口は、なお疑っていた。

〈なにか、隠していることがあるのでは……〉

そのうえ、山口が知らない間に、絵里子は、韓国の唄ばかり歌うのだ。

山口は、いよいよ絵里子が男をつくったことを確信した。

「絵里子、おまえ、なにか、かんちがいしてへんか。おれは、友達と旅行に行っただけよ。おまえにも、話したやろ。おれが一番信頼している友達や」

「疑ってなんかいないよ。なにも、ぜんぜん疑ってない」

「おまえ、なんかおかしいぞ……ははあん、おまえ、男やな。それも、韓国の男やろ」

「ちがう、わたし、山ちゃん以外の男なんて、興味もないよ。信じてちょうだい……」

「よし、わかった。信じる。そして、おれ、今度から携帯電話持つようにするからな。携帯あったら、心配いらんやろ。いつでも、連絡とれる」

「だって、切ってしまったらわかんないじゃない」

山口は、絵里子に男ができたという疑いが拭えなかった。

しかし、なにもいわないことにした。

〈よおし、絵里子、おまえがその気なら、おれも、考えがあるぞ……〉

山口は、先日、タクシーの客で乗せたばかりのある中年未亡人のことを考えた。

家政婦紹介所の所長で、資産も何億と持っている、という。

山口は、女性ながらに、そんな大きい商売が出来る度胸に感心した。

「お客さん、わたしも、なにかやってみたいんだけど、わたしに、なにが出来ますかね」

「あっ、山口さん、人間やろうとおもえば、出来ないことはないの。やる気なの」

山口は、その言葉をおもいだしたのだ。

未亡人は、山口より七歳年上の五十三歳であった。

さっそく、未亡人に連絡をとった。十月になっていた。

「わかった。あなた、武里《たけさと》まで来られる」

未亡人は、東武伊勢崎線の武里駅を指定した。

武里駅近くの小料理屋で、女はいった。

「あなた、ホルモン屋をやらない」

山口は、その話に、すぐに乗った。

山口は、絵里子に腹を立てながら、なお絵里子を愛していた。

〈ほとぼりが冷めたら、もどってやろう……〉

が、よりお灸をすえてやれ、と高をくくっていた。

山口は、ふたたび絵里子のもとから去った。しかし、絵里子は、携帯電話を持っている、という山口の言葉を信じた。

が、山口は、またも絵里子を裏切ることになった。

自分のタクシーが事故にあい、携帯電話が壊れ、使えなくなったのだ。

絵里子は、山口に教えられた番号を何回も何回もコールした。が、山口は出なかった。

絵里子は、本気で決心した。

〈山ちゃんは、わたしを捨てた。わたしを、捨てた……〉

それなら、わたしも覚悟がある。

絵里子は、一時途絶えていた韓国青年安永宣との連絡をとった。

8

年が明け、平成七年一月四日、絵里子は、その韓国青年の安永宣を連れ、行きつけの銭湯「業平湯」に行った。番台の親しいおばさんが、話しかけた。

「あんた、どうしたの、あの子?」

「えっ、ああ、弟なのよ」

弟なんていたのかな、とおばさんは不思議そうな顔をしていた。

それからしばらくして、また安を連れ、「業平湯」にやって来た。

「また来たのね」

おばさんは、ピンと来たらしく、絵里子に訊《き》いた。

「かれ、弟じゃないでしょう」

絵里子は、ついに白状した。

「ええ、かれ、コック見習いなの。だから、わたしが仕事から帰ってくると、食事をつくって待っていてくれる。すごくうれしい。わたし、本当にしあわせよ」

何カ月か前、山口がいなくなり、ひとりでお湯に来たときは、あんなに「寂しくってしょうがない」っていってたのに。

安は、絵里子以外の人間とは一言も口を利こうとしない。

絵里子は、おばさんに告白した。

「わたし、いまのかれとは、真剣に考えたい」

絵里子は、山口の代わりに、主人のいない山口のアパートの部屋で、安と奇妙な同居生活を始めていた。

絵里子が、自転車を止めて買い物していると、安が、突然いなくなっているのに気づいた。

するとと遠くの方で、安が、自転車を乗りまわして、アカンベーをしている。

「こらッ！」

絵里子は、長い間忘れていた青春をとりもどしたような楽しい気持ちになっていた。が、安も、一月末に絵里子に打ち明けた。

「観光ビザが切れた。韓国に帰りたい。大変に楽しかった……」

絵里子は、まばゆいほどに輝かしい光の中から、突然に暗い谷底に突き落とされた気持ちになった。

〈そんなことって……山口も、わたしを捨てた。安も、またわたしを捨てる。置いていかれるくらいなら、いっそ殺してしまった方が……〉

平成七年二月七日午前〇時四十分、絵里子は、玄関をあけてすぐの所にある炬燵《こたつ》に入っていた安に、勧めた。

「ジュース、飲まない？」

ジュースの中には、病院からひそかに持ちだした睡眠薬を混ぜていた。

安は、飲み終わると薬の効目ですぐに眠りに入った。

午前一時すぎ、絵里子は、看護婦用の白いストッキングを紐《ひも》代わりにし、その先に点滴用の容器を結わえつけた。

もういっぽうの先は、三畳間と六畳間の境の鴨居《かもい》に結わえた。

点滴容器の中には、インシュリン三十ミリリットルを入れた。

〈象でも一発で即死する量だ。まちがいなく殺せるわ……〉

インシュリンを、注射器で彼の腕に注射した。

安は、体がピクッと動いただけであった。ウッともいわず、ぐったりした。

〈万が一のことがあっては……〉

絵里子は、さらに止《とど》めを刺すため、たてつづけに血圧降下剤三十九ミリリットルを注射した。これを注射すると、相乗効果があるのだ。

安は、わずか数十秒で心臓機能を停止させた。

なにしろ、インシュリンも血圧降下剤も、異常なまでの量であった。

絵里子は、薄笑いを浮かべた。

「ふふ……わたしから逃げようとする男は、みんな死ぬがいい」

十二時間後の二月八日午後一時少し前、絵里子は、近くの中央本町交番に向かった。

あくまで、なにごともなかったかのように、途中で会ったアパートの大家には、にっこり笑って答えた。

「いま仕事に行くとこです」

まさか、自分の所有するアパートの一室で、人間ひとり殺されているとは、大家もおもいもよらないであろう。

絵里子は、自首した。

「わたしは、ひとを、殺しました……」

逮捕され、弁護士がついた絵里子は、すらすらと供述した。

その後、まず連絡する人は、の問いに、絵里子は、山口の携帯電話の番号を教えた。もっとも愛していたのは、やはり山口なのだ。

弁護士がその番号に電話を入れると、通じない。

山口は、正月なので、山口の郷里である四国の今治に帰っていた。

絵里子は、弁護士から、携帯電話が通じないことを聞くと、ガックリと肩を落とした。

〈やはり、山ちゃんは……〉

山口は、それ以降、絵里子の身の上になにが起こったのか知らないまま、埼玉でホルモンの店を切り盛りしていた。

山口は、いまだ絵里子を愛していたのだ。

〈この店が軌道に乗ったら、絵里子が待っている足立区に帰って、おどろかしてやろう。そして、金を出してくれている未亡人に借りた金は返す。未亡人を説得し、絵里子を呼びよせて、いっしょに店をきりもりするんや……〉

もっと早く絵里子に会いに行ってよろこばしてやりたかった。が、未亡人に切り出す覚悟ができず、ぐずぐずしているうちに日がたってしまっていたのだ。

山口は、まったく事件のことを知らなかった。

山口が事件のことを聞いたのは、たまたま偶然、二月の終わりに、「ラーメン百番」を訪ねたときである。

ママが、口をとがらせた。

「山ちゃん！　あんた、どこにいたんだよ。大変なことになってたんだよ。あんたのアパートで、知らない男の人が死んでたんだよ」

「えッ⁉」

「みんな、初めは、山ちゃんにちがいないって、びっくりした。ところが、見たこともない人だったので、また大騒ぎになった。そしたら、あの絵里ちゃんが、その子を殺したって……」

山口は、それを聞いた瞬間、全身の血が凍りついた。絶句した。

〈ああ、おれがいたなら、こんなことにはならなかったんや……〉

懐かしいママと一杯やりに寄ったつもりが、とんでもない事件を耳にしてしまった。

山口は、急遽《きゅうきょ》、自分がまかされているホルモン店に帰った。

山口は、未亡人に事情を話した。

「昔、おれがつきあってた女が、人を殺した……」

すでに男女の関係になっていたので、その未亡人は、なかなか絵里子のもとに山口をやろうとはしなかった。

が、山口は、執拗《しつよう》に説得して、理解させた。

「わかった。あんた、その子のこと、死ぬまでめんどうをみてやりなさい」

山口が、絵里子に東京拘置所の金網越しに面会したのは、それから二カ月後の三月の下旬であった。

絵里子のよろこびようったら、なかった。

「あっ、山ちゃん！　来てくれたのね……」

絵里子は、そういうなり、泣き出した。

話にならなかった。

それから、山口は、十回も面会に行った。

その間に、山口は、絵里子との結婚の書類をまとめ、石毛絵里子の印鑑を押せばよいだけにして持って行った。

「絵里子、結婚しよう。ここに、判押せ。おれと、結婚しよう……」

絵里子は、おもわぬ言葉に、顔をくしゃくしゃにした。

涙をあふれさせた。

〈山ちゃん……人まで殺した、わたしを……〉

絵里子は、涙がとまらなかった。

しかし、いまは結婚を受けるわけにはいかない。

「いいえ、わたしは、石毛絵里子のままで、刑期をつとめます」

絵里子は、涙で見えなくなった眼で山口を見ながら、涙声でいった。

「もし、わたしが元気で出ることができたら、そのときは、前のように、寂しくさせないで……優しくしてね……」

平成八年一月八日、絵里子に、懲役八年が求刑された。

が、絵里子の弁護士は、その刑を不服として、控訴した。

山口は、絵里子を説得した。

「もう、素直に刑を受けろ。真面目につとめてさえいれば、出所も早まる。何回も少年院に世話になったおれが、いうんや。まちがいない。おれのいうことを、信じろ」

絵里子は、愛する山口の忠告どおり、控訴を取り下げた。

求刑どおり八年の懲役を受けることにしたのだ。

山口は、何通かの手紙を、絵里子からもらった。

その中には、

『わたしは、やっぱり山ちゃんのことを裏切れない。でも、出ることができたら、韓国のあの人のお墓にまいっておわびしてくることだけは、ゆるしてね』

山口は、いま、その手紙を読みながら、机の前に置いてある絵里子のあどけなく笑った写真を眺めている。

絵里子の写真は何葉もあるが、笑った写真は、たった一葉しかない。絵里子とふたりで上野公園にお花見に行ったときの一番幸福だった時代のものである。

白蟻《しろあり》退治の床下工事の仕事に転職した山口は、いま石毛絵里子の内縁の夫として、絵里子が出所する日を待ちつづけている。

その日のために、好《た》きな酒も控え、ギャンブルも止《や》めた。

ひたすら、お金を貯めている。差し入れの品を買ってやるためである。

本書は一九九八年二月、徳間書店から刊行された『犯罪の女』、一九九九年四月、祥伝社から刊行された『悪魔の女』をもとに改題、再編集し、文庫化したものです。

なお本作品はフィクションであり、実在の個人・団体などとは一切関係がありません。

JASRAC　出1402237-401

文芸社文庫

黒い履歴書 犯罪の女

二〇一四年四月十五日　初版第一刷発行

著　者　大下英治
発行者　瓜谷綱延
発行所　株式会社　文芸社
〒一六〇-〇〇二二
東京都新宿区新宿一-一〇-一
電話　〇三-五三六九-三〇六〇（編集）
〇三-五三六九-二二九九（販売）
印刷所　図書印刷株式会社
装幀者　三村淳

ISBN978-4-286-15282-0